わたしの恋人

藤野恵美

角川文庫
18668

Scene 1

誰かを好きになるということ。

世界でたったひとりの運命の相手と出会って、恋に落ちて、結ばれる……。

それはたぶん、すごく幸せなことなんだろうな、と思う。

たとえば、おれの両親みたいに。

ピーナッツバターをたっぷりぬったトーストをぱくつきながら、おればぼんやりと考えていた。

キッチンのテーブルからは、玄関にいる両親が見える。

母さんは派手なピンク色のキャリーバッグを手に持ち、メイクも完璧《かんぺき》で、すっかり身支度を整えている。一方、父さんのほうはパジャマ姿でスリッパを履いて、母さんを見送っていた。

「ええっと、パスポートは持ったし、カメラに財布に手帳に搭乗券……。よし、忘れ物はないわ」

母さんは荷物の最終確認をすると、向かいに立っている父さんを見あげて、微笑んだ。

「それじゃ、行ってくるね。向こうに着いたら、電話するから」

「蓉子《ようこ》さん、待って。……はい、忘れ物」

言いながら、父さんは母さんを抱き寄せて、口づける。

直視するのは何となく気まずいので、おれは目をそらして、トーストをかじった。

ああ、ピーナッツバターってうまいよなあ……。

母さんの仕事は雑誌の編集者で、出張は多い。海外に取材に行くことも年に数回ほどあり、一泊二日程度の出張は毎月のことだ。そのたびに、こんなふうに熱烈な別れのキスを交わすのだから、まったく、やってられない。ちょっとは、思春期になった息子の目も気にしてほしいってもんだ。

呼吸困難になるんじゃないかと心配するほど長いキスを終えると、母さんは顔をこっちに向けた。

「あ、龍樹《りゅうき》。それじゃ、行ってくるからね。淋《さび》しがって泣くんじゃないわよ」

「誰が泣くか。たかだか一週間だろ」

申し訳程度におれのほうに注意を向けた後、母さんはまた父さんと見つめあった。

「ああ、啓輔《けいすけ》さん。愛してるわ。行ってきます」

「僕も愛してるよ。行ってらっしゃい。くれぐれも気をつけて」

「うん」

それから数十秒、ふたりは見つめあったままだ。

やれやれ、と思いながら、おれは溜息《ためいき》をつく。

「……早く行けよっ！　母さん、飛行機の時間に遅れるぞ」

「やだ、もうこんな時間！　それじゃ、今度こそ、本当に行ってきます。お土産、楽しみにしていてね」

名残惜しそうに手を振って、母さんはドアから出て行った。

相変わらず、ラブラブなことで……。

あきれたように、おれはふたりを見ていた。

うちの両親はすごく仲が良いのだ。幼い頃には、それが一般的な夫婦のあり方だと思っていたのだが、物心がつくにしたがって、だんだん、普通とはちょっと違うということがわかってきた。うちの両親は、いちゃいちゃしすぎだ。

おれは朝食をすますと、流し台に食器を持っていった。その横で、父さんがコーヒーメーカーのスイッチを入れる。

「父さん。今日、仕事は？」

「うん？　ああ、バーの仕事？　休みだよ。龍樹、夕飯にリクエストは？」

無精ひげをなでながら、父さんはおれを見た。

父さんはピアニストで、時々コンサートをやったり、不定期にジャズバーで働いている。母さんがいるときでも食材の買い出しや夕飯の用意は父さんが担当することが多く、料理は慣れたものだ。母さんが留守の間は、掃除や洗濯もおれと分担することになるのだが。

「べつに。何でも」

「君に聞くと、いつも『べつに』だな。蓉子さんがいないと、夕飯を作るのも張り合いがないよ」

肩をすくめて、父さんはつぶやいた。

はいはい、勝手に言っててください。

おれは無言で席を立ち、学校へと向かう。

もう結婚生活も二十年になるっていうのに、なんでいまだにあんなに仲睦《なかむつ》まじいのか。ったく、いい年して、恥ずかしい……。

しかし、その実、おれは本音のところでは両親のことをいいなあ……と思っていたりする。

かけがえのない相手。

世界でたったひとりの大切な存在。

父さんが母さんのことを想うように。

そんな相手と、いつか、おれも……。

とか思いながら、彼女いない暦=年齢だったりするのだが。

クラスの女子とはそれなりに仲良く話すものの、友情とは違う気持ちってのを感じたことはない。男子の間で「あいつ、可愛いよな」と評判の女子を見ても、どうも、ぴんと来ない。

小学生のときにはバレンタインデーにチョコレートをもらったこともあるし、中学の卒業式では後輩の子から告白された。

けれども、断った。告白してきた子は、今まで全然しゃべったこともなくて、こっちはよく知らなかったし、好きでもないのにつきあうなんて、フェアじゃないと思ったのだ。

男の中には、誰でもいいから彼女が欲しい、なんてことを言うやつもいる。

でも、恋ってのはそうじゃないと思うのだ。

おれは、運命の相手というものを信じている。

今はまだ、めぐりあってないけれど……。

高校一年の男子がそういうことを夢見てるってのは、かなり照れくさい。だから、決して知られたくはないのだが、心の奥では思っていたりする。

もし、いつか、好きな子ができたら、すごくすごく大事にして、ふたりで最高に幸せになりたいなあって……。

＊＊＊

授業が終わると、放課後は部活だ。おれはサッカーシューズに履き替えて、グラウンドに出た。

うちの高校のサッカー部は人数も少なくて、弱小と言っていいほどのレベルだ。でも、その分、気軽に楽しくわいわいやっている。ちなみに、女子マネージャーなんて気の利いた存在はいない。男ばかりのむさくるしいクラブである。

適当に準備運動をして、グラウンドを軽く走ってから、二手に分かれて試合形式で練習をする。

途中、飛んできたボールをヘディングで競りあっていたら、体格のいい先輩に当たり負けして、大きく跳ね飛ばされてしまった。

「すまん、古賀《こが》！　大丈夫か？」

地面に転がったおれに、先輩が謝る。

「平気っすよ」

笑って立ちあがったものの、肘《ひじ》には血がにじんでいた。厳しさとは縁遠い我がサッカー部で、怪我人が出るなんてめずらしい。

「傷口、洗ってきます」

「いちおう、保健室、行ったほうがいいぞ」

水道で洗えば十分かな、と思っていたのだが、せっかくの先輩の言葉を無視するわけにもいかず、おれは保健室へと向かった。

保健室って、たしか西館の端だったよな……とか考えながら、廊下をうろうろと歩く。

高校に入学してから保健室になんて一度しか行ったことがないから、場所をよく覚えていない。

でも、さすがに校内で迷うというようなことはなく、すぐに「保健室」というプレートを見つけた。壁には「朝食の重要性」や「適正体重とは」といったポスターが貼られていて、その中に「性感染症の実態」というものがあったので、思わず目を留めてしまった。いや、べつにえろい内容はこれっぽっちも書かれていないのだが。

ドアには「保健室の前では静かに！」と書かれた札がかかっていたので、控えめにノックした。

「失礼しまーす」

保健室に入ると、すうっとするような独特の匂いを感じた。消毒薬の匂いってやつだろうか。

メンソール系のその匂いをかぐと、病院を連想する。病院に関する記憶は、どれもろくなもんじゃない。注射はもちろんのこと、おれは医者が喉《のど》の腫《は》れを見るために口に突っこんでくる銀の棒みたいなやつが苦手だった。冷たくて、硬くて、金属っぽい嫌な味がして、あれで舌の根っこを押さえつけられて、喉の奥を見られるのは、不快でたまらない。

そんなことを思い出しながら、おれは保健室の中へと進んでいく。窓際には保健の先生の机があるのだが、そこに人の姿はない。

どうやら先生は不在らしい。

部屋の鍵《かぎ》を開けっぱなしにしておくなんて、無用心だよな。

仕方がないので、おれは保健室から出て行こうとした。

と、そのとき、風が吹いた。

開けっぱなしの窓からは青い空が見えて、風がカーテンを揺らしている。その風で、机の上に置いてあった数枚のプリントが舞いあがり、ひらひらと床に落ちた。

あいにく、おれはそういう状況を見過ごして、知らぬ顔して出て行けるような性格ではなくて……。

まずは窓をきちんと閉めて、それから散らばったプリントを集める。そのうちの一枚は、カーテンで区切られたベッドのほうに落ちていた。おれはしゃがんで、それを拾い上げようとする。

すると、目の前に、足が見えた。

足だ。白っぽい足。靴も、靴下も履いていない生の足。指先には、小さな小さな爪。

ぎょっとして、視線をあげる。

保健室のベッド。真っ白なシーツと布団。

そこに、ひとりの女子が眠っていた。横を向いて、片足だけを布団から投げ出して。

一瞬、まさか死んでるんじゃないだろうな、とか思ってしまった。いや、そんなわけないって。

でも、あまりにも色が白くて、いや、白いっていうより、青白いほどで……。透きとおって……。

長い黒髪がシーツの上に広がっていて、それが彼女の肌の白さを一層、際立たせている。それから、睫毛《まつげ》だ。しっかりと閉じられたまぶたには、黒々とした睫毛が生えてた。

睫毛、長いな……。

女の子の寝顔なんて、初めて見た。

あんまりじろじろ見ちゃ失礼だ……と頭では思いつつ、目が離せない。

くちびるは薄くて、ほのかにピンク色だ。

寝息はほとんど聞こえない。呼吸をしているのかどうか、心配になってしまう。

どうしよう……。いや、どうしようもないけど、でも、どうしよう……。

なんだか、どぎまぎしながら、おれはその場に立ち尽くしていた。

しばらくすると、彼女はうめき声のような吐息を漏らした。布団から出ていた片足が、中へと引っこんでいく。

そして、ゆっくりと彼女は目を開けた。

目を覚ました彼女の前には、おれの顔がある。

必然的に、目が合ってしまった。

「……誰?」

かすれた声で、彼女がつぶやく。

「あっ、えっと、おれ、二組の古賀龍樹っていって、決して怪しい者では……。ほら、これ!　怪我して、それで、保健室に……」

肘のすり傷を見せながら、必死で言い訳する。

彼女は不審そうなまなざしで、おれを見ていた。

今まで眠ってたせいか、ほんのりと目尻《めじり》が赤くて、瞳《ひとみ》が潤んでいる。

「先生は職員室にいるから」

そう言うと、彼女はまるでおれを警戒するかのように、掛け布団を口元まで引きあげた。

「え？　あ、ああ、ありがと」

あわてて出て行こうとしたおれの背後で、彼女は一度だけ、くしゃみをした。

「くちゅんっ」

その瞬間、心臓にどきんっという衝撃が走った。

なんだ、そのくしゃみは……。

そんなに可愛いなんて、反則だろ。

そして、おれはついに知った気がした。

ああ、そうか。

これが恋に落ちるってことなのかもしれない……。

Scene 2

保健室の匂いは心が落ち着く。

清潔さと静寂の象徴。高校の中で、そこだけが別世界みたいだ。ほかとは違う。何か特別な力に守られているような感じ。

わたしは週に一度は必ず保健室に行ってしまう。

耐えられなくなるのだ。わいわいざわざわとひっきりなしにしゃべっているクラスメイトたちに。

ひとつの狭い教室に何十人もの生徒たちが押しこめられている状況は、異様だと思う。いくら自分が黙っていても、ざわめきは消えない。

授業中はさすがに先生の声しか聞こえないけれど、それでも教室にいる生徒たちの息遣いやノートに文字を書く動作の音などが気になりだして、その人いきれに我慢ができなくなる。

だから、逃げ出すのだ。教室の外へ。

授業時間に、生徒がひとりでいることのできる場所は少ない。学校の外に出るなんてもってのほかだし、たとえ校内であっても用もなく廊下をうろうろしていたら、先生に見咎《みとが》められる。

その点、保健室なら大丈夫だ。

わたしは教室の喧騒《けんそう》から逃れ、保健室のベッドで、ひとときの休養をとる。飛ぶことに疲れた渡り鳥が翼を休めるように。

「失礼します。せんせー、具合が悪いです」

保健室のドアを開けて、うつむきがちに小さな声で言う。

火曜日、六時限目、現代国語。

現国は得意だから、授業に出なくても、成績が落ちることはないだろう。でも、出席日数の問題があるから、油断は禁物。保健室に行くときには、なるべくひとつの教科に欠席が集中しないように気を配る必要がある。

「また君か。森《もり》せつな」

保健室の奥のスチール机で書き物をしていた高屋敷《たかやしき》先生が顔をあげて、わたしの名前を呼んだ。

高屋敷先生は銀縁の眼鏡をかけていて、無愛想だけど、見ようによってはかっこいい男の先生だ。男の保健の先生というのはめずらしいし、先生の中では若い部類に入るので、入学当初は憧《あこが》れている女子も多かった。でも、態度が冷たいから、すぐに人気はなくなった。それに、結婚してるって噂だ。左手の薬指にはリングが光っている。

「熱は？」

「ない……と思います」

「気分が良くなるまで、少し休むか？」

その言葉に、わたしはこくりとうなずく。

すっかり保健室の常連客となっているので、わたしが不調を訴えても、ベッドに入りたいだけだと高屋敷先生は看破しているのだと思う。それでも、高屋敷先生はわたしを追い返したりはしない。だいたい、仮病というわけではなく、具合が悪いのは本当のことだし。

高屋敷先生は立ちあがり、ベッドのまわりにめぐらせているカーテンを開けてくれた。

「手を貸して。脈をみる」

ベッドに腰かけると、わたしは右手を出す。高屋敷先生は人差し指と中指をそろえて、その手首にそっと触れた。

わたしは鼓動が速くなってしまった気がした。

べつに、高屋敷先生に特別な感情を抱いているわけじゃない。ただ、他人との接触に慣れていないから、緊張してしまうだけ。

何しろ、わたしは絶対に恋愛なんかするものか、と心に誓っているのだ。

「私は今から職員室に行く用があるが、君は寝ていなさい。少し休んで楽になったら、また教室に戻るんだよ。わかったね？」

高屋敷先生は事務的な口調で言った。

「はい。わかりました」

素直に答えると、高屋敷先生はカーテンを閉めた。わたしはベッドを占領する。

上履きを脱いで、靴下も脱ぐ。無防備な素足をひんやりとしたシーツの上にすべりこませる瞬間、わたしは本当にほっとできるのだ。

カーテンに仕切られた空間。ひとりきりになれる場所。自分だけの占有区域。

わたしは孤独をつらいとは感じない。

むしろ、ひとりであることを好む。

それなのに、学校という場所は集団行動が基本だから疲れてしまう。

みんなと同じにはできない。みんなが楽しそうにしていても、わたしには笑えない。

みんなが教室で勉強をしている時間、わたしは眠る。

太陽の出ているときに味わう睡眠は、また格別だ。

校舎のどこかで英語の授業をしているらしく、巻き舌の発音がここまでわずかに漏れ聞こえてくる。それがいい感じのＢＧＭとなって、わたしはすぐに眠りに落ちた。

＊＊＊

目を覚ますと、見知らぬ男の子がいた。

寝ぼけているのかと思ったけれど、確かにそこに誰かいたのだ。彼が何か言って、それに対してわたしは何か答えたような気がする。でも、寝起きでぼんやりしていたから、よく覚えていない。

わたしが起きたときには、すでに六時限目は終わって、放課後になっていた。

しばらくして戻ってきた高屋敷先生に挨拶《あいさつ》をして、わたしは誰もいない教室に戻り、鞄《かばん》に荷物を詰めこんで、校門から外に出た。

教室でほとんど他人と話さないように、家に帰ってからも、わたしはあまり言葉を発さない。

母親と話すような話題もないし、父親は仕事で帰りが遅く、顔すら合わすことは少ない。

否。仕事で帰りが遅いなんて、嘘だ。その嘘が見抜けないほど、わたしはもう子供ではない。父親の帰りが遅い理由は、浮気相手と会っているからだろう。

まあ、どうでもいいことだ。

父親は働いて生活費や学費を払ってくれさえすればそれでいいし、母親が食事を作ったり洗濯をしたりと家のことをしてくれるおかげで、わたしは何の不自由もなく暮らしていけるのだから。

いくら夫婦間が冷え切っていようと、わたしには関係ない。

そして今日も、また夫婦《ふうふ》喧嘩《げんか》は繰り返される。

夕食を終えると、わたしは早々に自分の部屋へ引きあげた。夫婦喧嘩の現場になんて居合わせたくないから。

　でも、二階の部屋にいても、みっともない言い争いの声は響いてくる。

　最初は母親の嫌味から始まる。

　母親は、父親の浮気に気づいていながら、それを責めたてることはしない。ねちねちとした口調で、ほかの家庭は幸せそうなのに自分の結婚は失敗だったというような話をするのだ。

　そんな話を聞いてもうんざりするだけなので、父親はテレビに意識を向けている。自分の話を聞いてもらえない母親は声を荒げる。

「ねえ、聞いてるの、あなた、ねえってば！」

「うるさいな。静かにしてくれ。疲れてるんだ」

　次第にいらついてきた父親が不機嫌になり、その気持ちを逆なでするようなことを母親が言って、ついには父親がキレて、怒鳴り声をあげる。

「うるさいって言ってるだろう！　黙れ！」

　テーブルに拳《こぶし》を叩《たた》きつける音。母親も応戦して、わめき散らす。

　はいはい、ワンパターンだよ。

　もはや、発せられている言葉に意味はない。ただ、暴言を吐きまくって、怒りをぶちまけて、皿を割って、物を壊しまくって、ストレス解消をしているのだ。それで本当に、根本的なストレスが解消されているのかどうかは疑問だけど。

こんなくだらない言い争いを毎晩のように行っている両親は、心底、愚かな人間だと思う。

いい加減にすればいいのに。

とっととあきらめて、割り切っちゃえばいいのに。

「そんなことを言って、せつなはどうするのよ！　離婚なんかしたら、あの子がかわいそうじゃない！」

「文句があるなら、出て行け！」

うわ、出た。母親の決まり文句。

毎晩毎晩こんな不毛な争いにさらされるのは、かわいそうじゃないんでしょうか？

まあいいけどね。気にしてないし。

「誰のおかげで飯が食えると思ってるんだ！」

「結婚をしたんだから、あなたには私やあの子を養う義務があるのよ！」

愛のない家庭。いがみあう両親。

それが、わたしが決して恋愛なんかしない、と決めている理由だ。

愚かな両親は、恋愛なんていう一時の気の迷いで結婚して、この不幸な家庭を作り出した。

わたしは同じ轍《てつ》は踏まない。

ああ、早く大人になって、この家を出たい。そして、自立して、ひとりきりで生きていくのだ。

わたしは布団の中に入り、深く潜った。

夜、眠る前。わたしは高屋敷先生のことを思い浮かべるのを習慣にしている。

そうすることで、ここが家という場所ではなく、まるで学校の保健室のように思えて、気を紛らわすことができるのだ。

決して恋愛に関する気持ちで、高屋敷先生のことを考えるわけではない。わたしは絶対に、誰のことも好きになったりはしないのだから。

でも、今日は。

眠りに落ちる前、ふと頭に浮かんだのは、保健室で見た男の子のことだった。

あの男の子は、わたしの寝顔を見たのだろうか。

自分の目では直接、自分の寝顔を見ることはできない。だって、寝ているときは必ず目を閉じているのだから。

わたしの自身が見たことのない、わたしの寝顔。

それをよく知らない男の子に見られたなんて、不思議な気持ちだった。

だからどうだっていうわけじゃないけれど……。

どうせ、もう会うこともないだろうし……。

そんなことを思っているうちに、眠気が催してくる。わたしは高校に入ってから初めて、高屋敷先生以外の人のことを考えながら眠りに落ちた。

Scene 3

あ、彼女だ。

全校生徒が集まった体育館。

何十人って女子が並んでいる中で、おれはすぐに彼女の姿を見つけることができた。

視線が惹《ひ》きつけられたのだ。

そこだけ、輝いているかのように。

長い黒髪。白すぎるほどの肌。どこか冷ややかな目をして、ひとりでぽつりとたたずんでいる。

またしても、おれの胸はどきりとした。

保健室で見かけたときと同じだ。彼女を見ると、なんか嬉《うれ》しくて、でも、どきどきして落ち着かない気持ちになる。これって、やっぱ……。

おれはもう一度、ちらりと彼女のほうを見た。

今の彼女は前を向いていて、こっちからは横顔しか見えない。横顔も……可愛い。

あの日、おれは保健室で彼女の寝顔を見てしまって……。それからずっと、なぜか、彼女のことが忘れられなくて、気になって……。

好き、なんだよな。

改めて考えると、耳が熱くなった。顔も熱い。やばい。赤くなってるかも。

彼女のことをもっと見たいんだけど、気づかれるのが怖くて、顔を向けられない。

たった一回、会っただけなのに。

名前すら知らないのに。

自分でもわけがわからない。

どうして、彼女のことを好きになったのか。

それでも、こんなふうに鼓動が速くなって、彼女のことを意識してしまうのだから、仕方ない。

彼女は二列向こうにいた。ってことは同じ学年で、たぶん一組だろう。

壇上ではどこかの部が表彰されている。体育館に拍手が響く。そんな中、おれの意識はずっと、彼女のほうに向いたままだった。

おれは彼女が好きだ。

うん。それは確かなことなのだ。

さて、どうしよう……。

＊＊＊

昼休み。おれは一組の教室に向かった。

一番後ろの席。いた。彼女だ。

窓の外に目を向けて、ひとりでパンを食べている。

その姿をちらりと確認してから、おれは一組の友達に声をかけた。

「よお、勇太《ゆうた》。一緒にメシ食おうぜ」

「ああ。いいけど」

笹川《ささがわ》勇太。幼稚園の頃からのくされ縁だ。

高校ではクラスが別々なのであまり話さないが、家が近所なので休みの日にはよく遊びに行く。

そんな勇太が彼女と同じ一組だってのは、おれにとっては幸運だった。こうやって、彼女の姿を近くで見ることができるのだから。

勇太のとなりの席のやつに椅子を借りて、おれは弁当を食べながら、何気ないそぶりで彼女のほうを観察していた。

机の上に置かれた袋には、駅前のパン屋の名前が書いてあった。登校中に買って来たのだろう。飲んでいるのは、紙パックのオレンジジュースだ。

昼は弁当じゃなく、パン派なのか。

どうでもいいようなことだけど、彼女に関することが少しわかって、得した気分だった。

パンを食べ終わった彼女は、静かに立ちあがって、教室から出て行った。

「どうした？　気になる女子でもいるのか？」

勇太の言葉に、おれは思わず手を止める。

「へっ？　あ、いや、な、何を……」

ごまかそうとしたけれど、うまい言葉が出てこなかった。勇太はにやにや笑いを浮かべている。

「バレバレだっつーの。森せつなのこと、ずっと目で追ってただろ」

森せつな。それが彼女の名前なのか。

おれは心の中でもう一度、繰り返した。

森せつな。森さん……。

「って、バレバレ？　マジで？」

勇太は大きくうなずいて、眼鏡を中指で押しあげる。

「わかりやすいんだよ、龍樹は。考えてること、まんま、顔に出てるし。さっきから、ぼくの話なんか全然聞いてなかっただろ？　心ここにあらずって感じで、森せつなのほうばかり見てたぞ」

「うわあ……。ハズい」

熱くなった顔を片手で隠す。

「しかし、森せつなか。よりによってなあ」

勇太は少し考えこむようにして、口を閉じた。

「なんだよ？　悪いか？」

バレてしまった以上、開き直ることにした。

勇太とのつきあいは長い。どうせ隠したって、いつかはバレるだろう。

「いんや、悪くはない。それどころか、森せつなに惚《ほ》れるなんて、いいところに目をつけたって思う。でも、なにせ、難易度が高そうだからな」

「難易度……？」

「ああ。森せつなは人間嫌いって噂だからな。あれは落としにくいと思うぞ」

落とす、という言葉に少し引っかかったが、黙って勇太の話を聞く。

「森せつなって、孤立してるっていうか、自分から輪に入っていくタイプじゃなくて、学校じゃほとんどしゃべらないんだ。だから、仲良くなろうにも、きっかけが難しいだろうな。かといって、いきなり告白しても、成功率は低いだろ」

うーむ、と腕組みをして、勇太は頭をかしげる。

「しかし、龍樹が森せつなを好きになるとはなあ。意外っつーか。面白いな。よし、任せとけ。もっと情報、集めといてやるよ」

「や、べつに、そんな……」

「いいから、いいから。遠慮するなって！」

やる気にあふれた勇太は、おれの言うことなんか聞いちゃいない。

「恋愛ってのは、まず情報収集だ。相手についての情報がなきゃ、攻略法も考えられないからな」

こ、攻略って……。

おれ、まだ、告白とかそういうことまで全然考えてなかったんだけど……。

そんな話をしてるうちに、予鈴が鳴った。

一組の教室から出て行こうとしたとき、向こうから彼女が……森さんが、歩いてきた。

ドアのところで、すれちがう。

一瞬、森さんはおれの顔を見た。そして、ほんのわずかにだけど、表情を変えた。

あ、あのときの……、みたいな感じ。

もしかしたら、おれのこと、覚えていたのかもしれない。

おれはどうしようもなくどきどきしてしまって、森さんの視線をさけるようにうつむき、早足でその場から立ち去った。

＊＊＊

部活を終えると、ケータイにメールが入っていたので、勇太の家に寄って帰ることにした。

勇太の部屋は壁一面に本棚があって、小説や漫画がぎっしりと並んでいる。ゲームソフトやDVDも多くて、しばらく遊びに来ないうちに、またコレクションが増えたみたいだった。天井いっぱいにアニメのポスターが貼ってあるのはどうかと思うんだけど、まあ、個人の趣味だし、そのあたりは見てみないふりしておこう。

「さて、さっそくだが、森せつなについてだが、面白いことがわかったぞ」

一拍おいて、勇太は言った。

「彼女はホラー映画が好きらしい」

「ホラー映画？」

頭の中に、白装束に長い黒髪で顔を隠した幽霊みたいなのがずりずりと井戸から這《は》い出てくるシーンが思い浮かぶ。

「ああ。教室にいるとき、森せつなは自分の席で本を読んでることが多いんだけど、その本ってのもホラー系が多いんだ。ぼくが前にちら見したときには、スティーヴン・キングとか、クーンツとか、ケッチャムとか読んでたし」

勇太は何人かのホラー作家の名前をあげたが、おれはどれも読んだことがなかった。自慢じゃないが、おれは怖い話は苦手だ。幽霊とか怨念《おんねん》系の話はできれば聞きたくないし、ゾンビとか血みどろ系も目をそらしたくなる。

「それでだな、『魔人ドラキュラ』って映画、知ってるか？」

まったく知らないので、おれは首を横に振る。

「まあ、知らないだろうな。むちゃくちゃ古い映画だし。いわゆる貴族的なドラキュラ伯爵のイメージを作りあげたゴシックホラーの傑作だ。で、今、駅前の名画座で『魔人ドラキュラ』のリバイバル上映をやってるんだが、森せつなは、それを一緒に観に行ってほしい、と保健の先生に頼んだらしい」

「え？　保健の先生って、あの男の？」

「そうだ。高屋敷先生。森せつなは保健室に行くことが多いんだ。校内でもっとも森せつなと話す機会が多いのが、この保健の高屋敷先生だろうな」

「その保健の先生と森さんは、一緒に映画に出かけたのか？」

　それって、デートみたいじゃないか。

「断られたそうだ。教師という立場上、休みの日に個人的に生徒につきあって映画に行くわけにはいかないからって」

　少し、ほっとする。

　でも、一方でべつのことが気にかかった。

「映画に誘うって……、森さん、その保健の先生のことが……」

「いや、どうやら、保護者代わりっていうか、ボディガード的に高屋敷先生を誘っただけってことだぞ。前に映画をひとりで観に行ったら、しつこいナンパにあって大変だったらしい」

「そうなのか。っていうか、おまえ、よくそれだけ調べたよな」

　感心して言うと、勇太はえっへんと胸をはった。

「まあな。パソ部の情報ネットワークを甘くみないでくれたまえ。そこで、だ。この森せつなが見たがっていた映画『魔人ドラキュラ』は、まだ上映中なのである」

「ってことは……」

「そう！　映画に誘えば、乗ってくる可能性が高いってことだ！」

「でも、映画に誘うとか簡単に言うけど、おれ、ほとんど話したこともないんだぞ」

「誰だって最初は、話したこともない相手だ。肝心なのは、次の一歩を踏み出すかどうかだろ」

うん、そうだよな。勇太の言うとおりだ。

こっちから勇気を出して話しかけなきゃ、仲良くなんてなれるわけもない。今のままじゃ、おれは彼女にとって何も知らない相手なんだし。

そりゃ、声をかけるのは緊張するし、断られたときの気まずさを考えると足がすくむ。断られたら、どうしよう。絶対にショックで、落ちこむ……。

でも、逃げてちゃ、前に進めない。

うだうだ考えてても、らちが明かない。

彼女と映画を観に行きたいか？

イエス！

なら、誘え！　心がそう感じているんだから。

「よし、決めた！　映画に誘ってみる！」

おれは立ちあがり、拳《こぶし》をぐっと握った。

Scene 4

……誰？

突然、靴箱の前で話しかけてきた相手に、わたしはひたすら戸惑っていた。

見知らぬ男の子。今まで一度も話した覚えのない相手。そんな相手から、にっこりと笑顔で「おはよう、森さん」なんて声をかけられたら、いやがうえにも警戒してしまうというものだ。

「えっと、いきなり、ごめん。おれ、古賀龍樹。森さんと同じクラスの笹川勇太の友達」

名乗られても、まったく知らない。そもそも、その友人の名前だって初耳だ。

でも、どこかで見たような記憶も……。

爽《さわ》やかな男の子。

日に焼けた肌。見るからに健康そうで、スポーツをやっていそうな……。

ああ、思い出した。

いつだったか、保健室で会ったことがあった。

「それでさ、勇太から、森さんがこの映画を見たがってたって聞いて」

目の前の男の子……古賀くんは、二枚のチケットを手に持ってわたしのほうへ差し出す。

『魔人ドラキュラ』主演ベラ・ルゴシ。

確かに、わたしが観たいと思っていた映画だ。

数々の作品に影響を与えたという怪奇映画の古典的名作。ホラー好きとしては、押さえておかねばならない作品のうちのひとつ。けれども、これまで見る機会がなかった。

「一緒に行かない？　今度の土曜に」

古賀くんは勢いよく、一気に言う。

……は？　今、なんて？

わたしは状況がよく理解できず、その場でぼんやりと立ち尽くしていた。

「土曜は無理？　だったら日曜でも、その次の週でも、森さんの都合のいいときでいいんだけど」

まくしたてるように言った後、彼は返事を待つように、わたしの顔を見つめた。

「……なんで？」

ようやく口をついて出てきたのは、疑問の言葉だった。

うん、まったく意味がわからない。

どうして、この人はわたしを映画に誘っているのだろう？　初対面に近いというのに。

「え、いや、なんでって……。ホラー映画、好きって聞いたんだけど……違った？」

古賀くんは不安そうな顔で、小首をかしげる。

そのしぐさはどことなく子犬っぽくて、同情心のようなものを呼び起こされ、わたしは答えた。

「ううん。ホラーは好きだし、その映画も観たかった。でも、誘われる理由がよくわからなくて」

「理由って……それは……その……」

見る見る間に耳まで真っ赤になって、彼は口ごもり、うつむく。

「まあ、理由とかそういうのはともかく、今度の土曜日はどう？　あいてる？」

真剣な目つきで問われては、嘘やごまかしが言いにくい。

わたしはこくりとうなずいた。

予定なんか何もない。今度の土曜日だけでなく、いつだって。

「よかった。昼の一時でいいかな。駅前のキューピッド像ってわかる？　じゃ、その前で待ち合わせで。はい、これ、おれのケータイ番号」

晴れやかな笑顔を浮かべて、彼はわたしに十一桁《けた》の数字の書かれたノートの切れ端を渡した。

いまだもって、どうしてこんなことになったのか、さっぱりわからない。

今、わたしの手には、ほとんど面識のなかった相手の携帯電話の番号が握られている。

そして、土曜日の約束……。

彼の言うとおり、映画は見たかった。だが、先日、不愉快なめにあったので、ひとりで映画館に行くことをためらっていた。

つまり、彼の誘いは渡りに舟。あきらめかけていた映画を観に行けることになったのは、はっきり言って嬉《うれ》しい。

でも、腑《ふ》に落ちない。わたしを映画に誘って、彼にどんなメリットがあるのだろうか。

会話を終えて歩き出した彼の後ろ姿は達成感に満ちていた。心底ほっとした様子で大きな溜息《ためいき》をついたのが、こちらまで伝わってきた。

わたしと映画を観に行くというのは、彼に科せられた何かの罰ゲームなのかもしれない。

＊＊＊

土曜日。

時間ぴったりに約束の場所に向かうと、彼の姿はすでにあった。

古賀龍樹くん。何の因果か、一緒に『魔人ドラキュラ』に行くことになった相手。

「おはよう……っても、もう昼だけど」

彼は目を細めて、照れくさそうに笑う。

わたしも彼も私服なので、妙な感じだ。

映画館は駅前から少し離れた場所にある。わたしたちは連れ立って、目的地に向かった。

「こっちの映画館って初めて入るな。いつも駅ビルのほうに行くから」

古賀くんは物珍しそうに、時代がかった映画のポスターを見ている。

駅ビルにあるのは新作を上映する普通の映画館で、明るい音楽が流れていたり甘いキャラメルポップコーンの匂いなどが漂って楽しげな雰囲気にあふれているが、ここは薄暗い階段をおりた半地下にあってさびれている。でも、ほかの映画館ではやらないような昔の名作や単館系のちょっと変わった映画などを上映しているので、中学生の頃からたまに来ていた。

入り口で学生証を見せてから、館内に入る。チケットを出してくれた古賀くんに、わたしは自分の分の代金を払おうとした。

「いや、いいよ。おれが誘ったんだし」

彼は頑《かたく》なに代金を受け取ることを断った。

困ってしまう。わたしには、映画をおごられる理由なんて何ひとつないのに。

「それよりさ、何か飲む？」

彼に問われ、わたしは首を横に振った。

本当に困ってしまう。わたしには、優しく気づかわれるような理由はない。

どんな魂胆があるのだろう。

と、いぶかしむ性格の悪いわたしである。

彼がまったくの善意から映画に誘ってくれたと思うほど、わたしはお人よしでも世間知らずでもない。

館内はわりと空《す》いていた。後ろのほうの席に、並んで椅子に座る。

上映が開始されるまでには時間があった。

彼は積極的に話しかけてくる。

朝ごはんは何を食べたとか、好きなテレビ番組についてなど。お笑い番組が好きらしいが、わたしはあまりテレビを見ないので、漫才コンビやタレントの名前などを言われてもすぐには顔が浮かばなかった。

「森さんは、休みの日って何してる？」

話題をふられても、返答につまる。

家にいることが多いので、そう答えた。

「友達と遊びに出かけたりは？」

……嫌味だろうか。

彼の口ぶりに悪意は感じられないが、わたしは少しむっとする。

「遊びに行くような相手、いないから」

だからこそ、こうしてよく知らない相手と映画を観に来るはめになっているのではないか。

本当なら、高屋敷先生がよかった。先生なら、余計な気を使わなくていいから。けれども、高屋敷先生には誘いを断られてしまった。

そう思うと、今、ここでこうして座って、映画を観ようとしていることが不思議に思えた。

あんなことがあったのに……。

ちらりと、斜め前の席を見る。

右側のブロックの端っこの席。

そこがわたしの指定席だった。この間、不愉快なめにあうまでは。

高屋敷先生には「しつこいナンパに辟易《へきえき》したから、保護者代わりについてきてほしい」と説明した。

でも、それは方便であり、実際にはナンパなんて生易しいものじゃなかった……。

あの日は、がらがらと言っていいほど空席が目立っていた。それなのに、ひとりの男がわざわざわたしの横の席に移動してきたのだ。

ほかにいくらだって空いている席があるのに真横に座られて、しかも肘《ひじ》おきを占領され、わたしはその男にすでに嫌悪感をおぼえていた。

席を移動しようと思ったが、映画が始まってしまったので、そのままでいた。

明かりの消えた中、となりに座った男はもぞもぞと動いていた。そして、いきなり、男は手を伸ばしてきて、わたしの胸に触れたのだ。

驚いた。ただ、ひたすらショックだった。

やがて、その行為の意味に気づいたとき、頭にカッと血がのぼって、怒りと屈辱的な気持ちで、目の前が真っ暗になった。

ぞっとした。鳥肌が立った。

わたしはあわてて立ちあがり、映画館を出て、走って逃げた。

悔しくて、悔しくて、涙がにじんだ。

どうして、わたしがこんなにも不快な思いをしなければならないのだ。理不尽だ。

まったくもって、災難としかいいようがない。

しかも、途中で席を立ったから、観たかった映画を最後まで楽しむこともできなかった。

死ね、死ね。死んでしまえ。

わたしは心の中で、その男に向かって、ありったけの呪いの言葉を吐いた。

今思えば、警察に突き出してやるべきだった。

でも、あのときはパニックに近い状態で、声が出せなかったのだ。

恥ずかしくて、騒ぎを起こしたくないという思いもあった。声を出せば、ほかの客たちからも、じろじろと好奇の目で見られたことだろう。

この映画館のあの席で……。

わたしは誰も座っていない赤いシートの座席をじっと見つめる。

あんなことがあったから、もう二度と、ここに足を踏み入れることはないだろうと思っていた。またあんなめにあう危険性を考えると、他人のいるところで映画に集中できるわけがない。

それなのに、今は……。

「森さん、どうかした？　大丈夫？」

となりにいた古賀くんが心配そうに、顔をのぞきこんでくる。

「あ、うん。何でもないから」

「そう？　何かあったら、遠慮なく言って」

彼は優しく微笑んだ。

同じ男性という性別であるはずなのに、古賀くんは横の席に座っていても、不快な感じはしなかった。それどころか、心強くすらある。

彼がとなりにいれば、他の男が手を出すことはないだろう。

それはまさに、騎士に守られている姫君のような心情だった。

従属するのは真っ平だ。

そう思っているのに、わたしは確かに、この男の子がとなりにいることで、安心感を得ていたのだ。

嫌だな……。そんな自分に、げんなりした。

ただの弱い女の子みたいじゃないか。わたしは男に頼らないでも生きていけるように強くなりたいのに。

Scene 5

これって、デート……だよなあ。

となりに座った森さんの横顔をちらっと見ながら、おれは思っていた。

休みの日に、ふたりきりで、映画を観る。

これがデートでなくて、何だと言うのだ。

スクリーンでは黒マントに身を包んだ吸血鬼が今まさに獲物に襲いかかろうとしていたが、映画の内容なんてほとんど頭に入ってこなかった。

森さんが自分のとなりに座ってるってだけで、舞いあがってしまってそわそわする。

そして、映画が終わって、館内が明るくなった頃。おれの緊張はますます高まっていた。

一緒に映画を見て終わりじゃ、もったいない。これからが大事なところだ。

おれの次なるミッション。

それは、彼女をお茶に誘うこと！

映画館から出たところで森さんが振り返った。

「今日はありがとう」

お礼を言われたのは、そろそろお開きの合図というか、帰ろうとしている雰囲気を感じ取った。

おれはあわてて、口を開く。

「あのさ、よかったら、お茶でも。この近くに、おいしいケーキの店があるらしいんだ」

昨日の夜から、頭の中で何度もシミュレートしてきたセリフ。

うん、よどみなく言えた。

森さんは少し黙って、考えこむ。

「甘いもの……きらい？」

おそるおそる聞いてみた。

女子はみんな甘いものが好きというイメージがあるけれど、森さんは例外って可能性もあった。森さんはコーヒーもブラックで飲めそうなクールっぽい外見で、体も細くて華奢《きゃしゃ》だから、甘いものをあまり食べないのかも……。

「ううん。きらいじゃない」

その答えに、ほっとした。

「じゃあ、行こう。そこのケーキって評判で、雑誌とかにもよく出てるんだけど、野郎ばっかじゃ行きづらくって。だって、ほら、男同士でお洒落《しゃれ》っぽいケーキ屋に入るのって、かなりつらいだろ」

森さんはほんのちょっと、くすっと笑った。

おれの必死さが滑稽《こっけい》だったのかもしれない。

それでもいい。笑ってもらえて、嬉《うれ》しい。

きらいな相手には笑顔は見せないだろう。笑ってもらえるってことは、少なくとも好意の表れだと思う。もっと笑ってほしい。

「でも、おれ、ケーキ好きで。チーズケーキとか、一度でいいから、切ったやつじゃなく丸々全部に挑戦してみたいんだよな」

森さんはくすくす笑っている。

よし、いいぞ。受けてる！

でも、それ以上はうまく会話をふくらませられなかった。ああ、だめだなあ、おれ。もっと面白いことが言えたらいいのに。

森さんはちらりと左腕の手首を見た。腕時計で時間を確認したのだろう。

「お茶、つきあうよ」

よっしゃあ！　その言葉を聞いた瞬間、ガッツポーズをとりたくなった。

「わたしも映画につきあってもらったし」

森さんの気が変わらないうちに、急いで歩き出した。ケーキの店はここから近い。事前に店の前まで行っておいたので、道順もばっちりだ。

ちなみに、ケーキのおいしい店を調べてくれたのは勇太である。おすすめの店だけじゃなく、映画後のデートプランを練るのにも協力して、誘いの言葉を考えるのも手伝ってくれたのだ。

ただ単に「お茶に行こう」と誘うより、ケーキと言われたほうが、甘いもの好きの女子としては心をくすぐられるらしい。

アドバイスをくれた勇太にひたすら感謝だ。

＊＊＊

店はわりと混んでいたが、窓側の席に案内された。

映画館では横に並んでいたけれど、今は目の前に森さんがいる。どきどきして、緊張というか照れるというか、落ち着かない気分だ。

メニューには、色とりどりのケーキの写真が載っている。どれもおいしそうだ。

「決まった？」

「あ、うん」

メニューから顔をあげて、森さんはうなずく。

森さんは熱々アップルパイと紅茶を注文した。

おれは濃厚ガトーショコラとアイスコーヒーを選ぶ。

ケーキが運ばれてくるまで、しばし待つ。

机の上には、氷の入った水のグラスだけ。

さっきまでならメニューを見たりできたけれど、今はもうお互いに向かいあうしかない。

何とか会話を盛り上げて、間を持たさねば。

「森さんって、映画とかよく観るほう？」

「うん」

…………………あれ？

一言で終わったぞ。やばい。

えっと、気を取り直して。

「やっぱり、ホラーが多い？　たとえば、どういう作品が好き？」

森さんは少し考えた後、ためらいがちに「たぶん、知らないと思うけれど……」と前置きして「『ヘル・レイザー』とか、ダリオ・アルジェントの作品とかが……」と答えた。

言われたとおり、どんな映画か全然わからない。でも、いちおう、興味のある感じでうなずく。

「ふむふむ。女子でホラー映画好きってちょっとめずらしいって思うんだけど、なんで森さんはそういうのが好きなの？」

それはこの間から思っていた疑問だった。

「なんで……って言われても……」

森さんは困惑したようにつぶやく。

「何となく、としか言いようが……。好きなものに理由ってないような気がする……。好きだから好きっていうか」

「ああ、そっか。うん、それはそうかも」

おれは大きくうなずいた。

自分だって、なんで森さんのことを好きになったのか、って聞かれてもうまく答えられないと思う。好きなものは好きなのだ。

しまった。また、会話が途切れたぞ。

「……古賀くんは」

彼女の口から自分の名前が出たので、心臓が飛び上がりそうになった。

「は、はい！　な、何？」

思わず、声が裏返ってしまう。

「古賀くんも、映画、好きなんだよね？」

「あ、うん。親父が映画好きで。それで、小さい頃からよく連れてってもらって、家にＤＶＤも結構あったりするし。おれはアクション系のが好きだけど、古いミュージカルとかもわりと見るかな。『メリー・ポピンズ』とか、『サウンド・オブ・ミュージック』とか。それは母さ……母親の好みだけど」

「家族で映画を観たりするの？」

意外そうな顔で、問い返される。

「まあ、家で観るときには。うちの場合、クリスマスには家で心あたたまる系の映画とか観ながらケーキ食べるのが恒例行事みたいになってるし。さすがにこの年になると、親と出かけることも少ないから、映画館には行かないけど」

それに、あの人たち、ふたりきりで映画デートしたいとか言うからな。まったく、うちの両親はいい年して……。

「仲、良いんだね」

ぽつり、と森さんはつぶやいた。

「うちの両親はかなり特殊だと思う」

苦笑しながら答える。

「中学になってからは勇太と見に行くことが多いかな。ってか、あいつと観るのはアニメの映画とかなんだけど。あ、勇太って、笹川のことな。森さんのこと紹介してくれたやつ」

などといい感じに話が弾みかけたところで、アップルパイが運ばれてきた。

「いただきます」

フォークを手にする前に、森さんは小さくつぶやいた。

なんか、行儀良くて可愛いな。ますます好きになってしまうじゃないか。

食べている間は、沈黙が流れる。

でも、店内には音楽が流れているし、まわりの客たちの声もして適度にざわついているから、気まずい沈黙というほどではない。

「うん、おいしい……」

アップルパイを一口食べて、森さんは幸せそうにつぶやいた。

そして、にこっという微笑みのような表情を見せたのだ。おいしいものを食べたときには、自然に笑みがこぼれるものである。

その笑顔が……強烈に可愛かった！

初めて目が合った瞬間のことを思い出す。

驚いたわけでもないのに、胸がどきっとした。

今もそう。鼓動が激しくて、苦しいほどだ。

あー、おれ、ほんとに森さんのこと、好きなんだよなあ。

一緒にいられて、すっげえ幸せ。

でも、同時に、逃げ出したいような気分にもなる。緊張して、どきどきしすぎで。

なんなんだろ、これ……。心って複雑だ。

森さんはナイフとフォークを器用に使って、アップルパイの切れ端に生クリームをつける。

「笹川くんって……」

ふと、森さんは手を止めた。

「一度も話したことないのに、どうしてわたしがホラー映画好きだって知ってたのだろう」

それは問いかけというよりも、ひとり言のようなつぶやきだった。

それは、勇太が所属しているパソコン部などいろいろなネットワークを駆使して情報を仕入れてくれたのだが、知らないふりをしていたほうがいいだろう。

黙っていると、森さんはおれの顔をまじまじと見つめてきた。

「よくわからなくて、戸惑ってるの。古賀くんはどうして、わたしと映画に？」

そんなの、好きだからに決まってる。

バレバレだろうな、と思っていた。

突然、声をかけて映画になんて誘った時点で、彼女に好意を持っていることは明らかだ。

彼女だって、薄々、気づいているはず。自分の気持ちがバレてないと思うほうがおかしい。

それでも、言葉にする勇気はない。

告白するのは、まだ早い。

つきあってください、と言ってしまえば、あとは「イエス」か「ノー」しかない。断られたら、それで終わりだ。

おれだってバカじゃない。今、告白してOKをもらえる可能性が低いことはわかっていた。彼女にとってはおれはまだ、ほとんど知らない相手だ。

自分の気持ちをぶつけて玉砕しても仕方ない。いきなり告白するなんて自己満足だ。

おれは、彼女に自分のことを知ってもらって、好きになってもらって、恋人になりたい。

そう思っていたのに。百も承知だったのに。きちんと計画を立てていたのに。

おれはつい、本音を漏らしてしまった。

「森さんのことが好きだから」

Scene 6

……わたし……のことが……好き……？

彼が不意に口から出した言葉に、わたしは軽くパニックにおちいっていた。

何を言っているの……？

だが、わたしよりも、むしろ言った当人のほうが混乱しているようだった。

古賀くんは「しまった」というように、自分の口を手で押さえた。それから、頭を抱えこむ。

「やっ、やべ……、ま、待った！　ちょい待ち。えっと、えっと……」

見事なほどに、彼の顔は真っ赤になっていた。

わたしまで、顔が熱くなってしまう。

こういうとき、どんな表情をしていればいいのだろう。

困る。ひたすら、困惑。

まるで……告白されたみたいな……。

恥ずかしい。照れくさい。やだ、どうしよう。

「えっと、えっと、今のなし！」

古賀くんは空中にある何かをかき消そうとするかのように、あわただしく両手を顔の前でばたつかせて、つぶやいた。

「さっきの、聞かなかったことにして」

「え……？」

そんなことを言われても。

この状態で、あの言葉を「聞かなかったこと」になんて……。

「ごめん。まだ、あんまり仲良くないのに、いきなり好きとか言われても困るよな」

ちらりとこちらを見て、古賀くんは言った。相変わらず、彼の顔はトマトのように赤い。

でも、わたしの顔もきっと、彼に負けないほど紅潮しているのだろう。耳が焼けるように熱い。血が顔に集まっているのがわかる。

どきどきしてしまう。予想外のできごとに動揺して、心臓が早鐘のようだ。

「森さんのこと、好きなのは本当だけど、だからって、つきあってくださいとか言うつもりはなくて。返事が欲しいわけじゃないから。……っていうか、おれ、ふられたくない！　今日は告白するつもりなかったのに。あー、もう……」

しどろもどろに言って、古賀くんは大きく溜息《ためいき》をついた。

なんだか、とても落ちこんでいるようだ。

好き……と、彼は言った。

生まれて初めて、愛の告白というものをされてしまった。

自分はそういう浮いた話とは無縁だと思っていたのに。色恋沙汰《いろこいざた》なんて興味なかった。

どうしたらいいのだろう……。

彼は「返事が欲しいわけじゃない」と言った。それなら、わたしはどうする必要もないのかもしれない。でも……。

アップルパイはまだ半分ほど残っていた。けれども、胸がいっぱいで口をつける気になれない。せめて、少しは気持ちを落ち着けようと、冷めた紅茶を一口する。

それにしても。

好き、だなんて。

信じられない。

わたしには、そんなこと言われる価値なんてないのに。

しばらくうつむいていた後、気を取り直したように古賀くんは顔をあげた。

「あのさ、こういうのって、迷惑?」

心配そうな顔で、彼はたずねてくる。

迷惑……なのだろうか。確かに、心を乱されて、とても困っている。でも、悪い気はしない。

好きと言われて……。

自分に好意を持ってくれる人に対して、不快に感じるというのは難しい。

そう。わたしは、自覚した。

……嬉《うれ》しいんだ。

好きと言われて、喜んでいる。

ああ、やだな。自意識過剰。みっともない。

舞いあがるな、わたし。

「迷惑なら、きっぱり言って」

彼は思いつめた顔でわたしの答えを待っている。

否定の意味で、わたしは首を横に振った。

「いきなりで、びっくりしたけれど。……迷惑ってほどじゃない」

「よかったぁ」

ほっと息を吐いて、古賀くんは笑顔になる。

「それじゃあさ、また来週も一緒に遊んでくれる？」

「え……？」

さっきから、不意をつかれてばかりだ。

「森さんが見たい映画があるなら映画でもいいし、ほかにどっか行きたいところがあったら、べつのところでもいいよ。特に希望がないなら、おれがどっか調べておくから」

まさに天真爛漫《てんしんらんまん》といった感じの笑顔で彼は言う。

「来週、あいてる？」

彼の問いかけに、反射的にうなずく。

「やった。それじゃ、約束。今日と同じ時間でいい？」

古賀くんって、見かけは爽《さわ》やかなわりに……結構、押しが強い。

それはそうだ。よく考えたら、押されるままに今日もこうしているんだから。

強引……というより、自分の気持ちに素直なのだろう。胸のうちを隠さず、言いたいことを言う。わたしには到底、できない芸当だ。

「それでさ、森さんのメルアド教えてもらえたら、連絡も取りやすいんだけど」

「わたし、ケータイ持ってないから」

「え？　マジで？」

「うん。べつに、必要ないし」

「うー。そっか。んじゃ、仕方ないか」

少し残念そうに言って、残っていたガトーショコラを口に運ぶ。古賀くんの顔色は今ではすっかり、平常に戻っていた。

わたしのほうは、まだ息苦しいというのに。

それからは、とりとめのない雑談になる。

高校の先生の噂話とか、古賀くんが応援している海外のサッカーチームの話とか。

でも、わたしは会話に集中できなくて、内容の半分も頭に入っていなかった。

だって、好きだなんて言われた後で。

わたしはどうにか、残っていたアップルパイを口につめこんで、紅茶で流しこんだ。
頭の中がぐるぐるする。
どうしても、意識してしまう。
わたしのことを好きだなんて。
わからない。
よりによって、どうして、このわたしが。
わたしのことなんて、知りもしないのに。
彼の「好き」という言葉は、本当にわたしに向けられたものなのだろうか。
彼は何か、思い違いをしているのではないだろうか。うん、きっと、そうだ。
彼はわたしに幻想を抱いていて、勝手に作ったイメージを好きになっているのだ。
だから、本物のわたしのことを知れば知るほど幻滅していくことだろう。
幻滅される……か。
それは、かなりつらい、かも。
期待はずれで、がっかりされる。
そんなことになる前に、彼の誤解をといておこう。わたしのためにも、彼のためにも。
ケーキ屋さんを出ると、すでに夕方の空になっていた。思いのほか、長居をしていたようだ。

駅に向かいながら、思いきって聞いてみる。

「古賀くんは……」

「えっ？　何？」

「古賀くんは、わたしのどこが好きなの？」

うわあ、なんだ、このセリフは。自分で言っておきながら、恥ずかしくなる。まるで、甘えてる恋人みたいだ。

「どこって……。えー、全部、とか」

彼は彼で、これまた、ベタな答えを！

いや、そんなバカップルみたいな会話をするつもりじゃなくて……。

「あのね、きっと、古賀くんは勘違いをしてると思う。わたしは、古賀くんが思っているような人じゃないから」

きょとんとした顔で、彼はこちらを見た。

「じゃあ、本当の森さんって、どんなの？」

本当のわたし。本当のわたしは……。

「わたしは……性格も暗いし、協調性がなくて、友達もいなくて……、とにかく、誰かから好きって言われるような人間じゃないの」

なんで、わざわざ自分でこんなことを言わなくちゃいけないんだろう。自覚しているけれど、改めて口に出すと、さすがに落ちこむ。新手のいじめを受けているような気分だ……。

わたしは自分が好きじゃない。しかも、他人から好かれるための努力も放棄している。

「でも、おれ、森さんのこと好きになったし」

「だから、それは勘違いっていうか、勝手な思いこみで……」

「そんなことないって。そりゃあ、最初は一目ぼれみたいなもので、外見に惹《ひ》かれたって思われても仕方ないかもしれないけど、でも、今日、一緒に話してて、ますます森さんのこと好きになったし！」

真剣だ。

彼の目は、本気だった。

強いなあ……。めげないなあ……。強靭《きょうじん》な精神の持ち主だ。感心してしまう。

「それに、わたし、恋愛に興味ないから」

そう、それが重要なところ。

わたしは愛情というものを信じていない。

くだらない、と思っている。

身近に失敗例を見ているから。破綻《はたん》した結婚生活。冷め切った愛。憎みあうふたり。

愚かな両親。わたしはあんなふうにはならない。

「誰かとつきあったりとか、そういうの考えてないの」

「いいよ。さっきも言ったけど、つきあうってのはまだ考えなくていいから」

……まだ？

ってことは、将来的には考えるときが来るってことだ。

「でも……、わたしは……」

反論しようとしたところに、電車が来た。

「帰り、気をつけて。また、学校で」

ホームで彼は手を振る。わたしも電車の中から、手を振り返す。電車が動き出す。

まだ、言おうと思ったことがあったのに。

彼の姿が遠くなっていく。

それを見て、ほっとするような……、どこか名残惜しいような……、今までに感じたことのない気持ちになった。

Scene 7

「彼女ができたなら、何かと入り用だろう。うちの店で、バイトでもするか？」

ある朝、いつもと同じようにトーストをかじっていると、唐突に父さんが言った。

「えっ？　彼女って……」

森さんのことなんて、一言も話してはいない。

それなのに、なんで……。

動揺を隠せないおれに、父さんは苦笑した。

「あのな。毎週、土曜日の朝には鏡の前で念入りに髪型を整えて、いかにも浮かれた様子で、出て行ってるんだぞ。それがデートじゃなくてなんだっていうんだ？」

すると、母さんまで大きくうなずく。

「そうそう。最近の龍樹ってば、舞いあがりっぱなしだもの。いいわねえ、恋って」

うーわー、はずかしいー。

おれはどこかに逃げたくなった。

まさか、親にバレてるなんて……。

「ち、違うって。デートとかじゃないんだって。……彼女ってわけでもないし」

自分で言って、少し落ちこむ。

確かに、土曜日には森さんと出かけるようになっていたけれど、それは彼女だからじゃなく、友達としてのつきあいだった。

「そうなの？　ふうーん、まあいいか。そういうことにしておいてあげましょう」

にやにやと笑って、母さんが言う。

「いや、ほんとなんだって。断じて、デートなんかじゃないんだからな！」

強調すればするほど、自分にダメージが来てしまう……。

「まあ、それはそうとして、バイトはどうする？」

父さんが話題を戻した。

「ちょうど、人手が欲しいって話してたんだ」

父さんの仕事は、ジャズバーで演奏するピアニストなのだ。父さんの勤めている店には、何度か行ったことがあった。渋くてお洒落《しゃれ》で、高校生には敷居が高い「大人の世界」だ。

「バイトって皿洗いとか？」

「そうだな。あとはオーダーとったり、酒を運んだり、マスターの手伝いってところだ。社会勉強にもなるから、いいだろ」

父さんはおれに答えるというより、母さんに向かって言った。

「そうね。いいんじゃない。私も久々に、あなたの演奏を聞きに行こうかしら」

「わざわざ店に来なくても、蓉子さんが望むなら、いつでも弾くさ」

言うが早いか、父さんは居間にあるピアノに近づいた。そして、ふたを開けて、勢いよく鍵盤《けんばん》に指を走らせる。

情熱的なピアノの音が響き渡った。

「きゃーっ、啓輔さん、素敵！」

うっとりとした顔をして、母さんは音楽に合わせて、体でリズムを取っている。

朝っぱらから……。まあ、うちのマンションは防音設備がしっかりしているので、近所迷惑にはならないとは思うが。

「やっぱり、ピアノを弾いてるときの啓輔さんは格別だわ。ほんと、いい男よね」

母さんは、しみじみとつぶやく。

確かに、曲はかっこいい。父さんの演奏は力強くて、音がほとばしるような感じだ。

でも、今の父さんは寝起きでパジャマ姿だし、足なんかスリッパだぞ……。

相変わらずラブラブなふたりは放っておいて、おれはとっとと学校に向かったのだった。

＊＊＊

昼休みには、一組の教室に行く。勇太と弁当を食べながら、森さんの席を見た。

森さんは今日もひとりで、パンを食べている。

目が合ったから、おれは軽く手を振った。森さんは少しはにかむような表情を見せる。

一緒に食べたいけれど、クラスのほかのやつらがいる前で誘ったりしたら迷惑だよなあ、きっと。つきあってるわけでもないのに、一緒にいるところを見られたら、変な噂を立てられるかもしれないし。おれは気にしないけれど、森さんは目立ちたくないだろうから……。

「おーい、龍樹？　聞いてるか？」

目の前で、勇太が箸《はし》を動かす。

「あ、ごめん。ぼーっとしてた」

「どうせ、森せつなのこと見てたんだろ」

「やっ、違うって」

「バレバレだっての。まあいいけどな。で、どうなんだよ。その後の進展は」

声をひそめて、勇太は聞いてくる。

「いちおう、毎週、一緒に遊びに行ったりはしてるんだけど、友達って感じかな」

「ほうほう。で、告白は？」

「ぽろっと言っちまったけど、取り消した」

「はあ？　取り消した？　なんじゃそりゃ」

「なんか、返事、聞くのが怖かったから」

勇太は理解できないといった表情だ。

「だってさ、断られたらそこで終わりだろ。それなら、今みたいに一緒に出かけたりできるほうがいいし」

「でもな、わかってるとは思うが、友達のままだと……手を出せないんだぞ？」

勇太のするどい指摘に、おれは食べかけの卵焼きを喉《のど》につまらせそうになった。げほげほっと咳《せ》きこんでいると、パンを食べ終えた森さんが、立ちあがって教室から出て行った。無言のまま、おれたちの横を通り過ぎる。視線すら合わせなかった。

外では打ち解けた感じで話をしてたのに、学校ではそっけないのが、なんだか悲しい。

まあ、公式の恋人同士ってわけじゃないから、仕方ないか……。

いっそ、本当に森さんが友達だったら、気軽に接することができるのかもしれない。

一緒にいるのが楽しい。でも、今よりも、もっと仲良くなりたくて……。

「友達と恋人って、やっぱ、違うよなあ」

しみじみとつぶやいて、おれはペットボトルの緑茶を飲み干した。

＊＊＊

そんなわけで、部活のない日はバイトをすることになった。

学校から帰ってすぐに店に行って、開店前の掃除を手伝う。ジャズバー『スイング』は大通りから離れたビルの地下にある。

「しかし、あんなに小さかった龍樹くんが、もう高校生だもんなあ」

カウンターの中で、マスターがつぶやいた。

「俺も年を取るはずだよ」

マスターは父さんの古い知り合いで、昔はバンドを組んでいたらしい。当時の写真を見せてもらったことがあるが、若い頃の父さんは長髪でビジュアル系みたいだったので笑ってしまった。マスターの体型もすらっと細くて、今からは想像もつかない。

「それで、龍樹くんの彼女ってどんな子？」

マスターは料理の仕込みをしながら言う。

「いや、彼女ってわけじゃないっすよ」

「彼女じゃないのに貢いでるのかい？　最近の高校生もやるもんだねえ」

「貢ぐって！　そんなんじゃ……」

カウンターをふく手を止めて、おれは思わず顔をあげた。そこに、父さんがやって来る。

今の父さんは、タキシードみたいな黒いスーツを着て、髪もきっちりと後ろになでつけて、それなりのかっこうだ。ほかにもボーカルの女性とかドラマーなどが集まってくる。

扉にかけた札をオープンにして、しばらくすると、お客さんがちらほらと入ってきた。

おれはテーブル席のお客さんに注文を聞きに行ったり、マスターが作った酒や料理を運んだりと、あわただしく働く。

お客さんは仕事帰りのサラリーマンのような人が多い。それから、親密そうなカップル。

ムードのある生演奏を聞きながら、カクテルをかたむけているのは、いかにも大人のデートって感じだ。

演奏が始まると、店内の空気が変わる。

薄明かりの中、軽く目を閉じてピアノを弾いている父さんの姿は……まあ、息子から見ても、なかなか決まってると思う。

無造作に見えるけれど、的確な演奏。

若い頃の父さんは、よくモテたらしい。

確かに、楽器ができると、かっこよく見えるもんな。

でも、残念ながら、おれには音楽の才能がなかった。小さい頃には父さんからピアノを教えてもらっていたけれど、飽きてしまったのだ。親が得意なことが、必ずしも子供に遺伝するわけじゃない。おれは父さんほど、ピアノや音楽に思い入れを持てなかった。

結局は、楽器が弾けるからというより、ピアノという好きなものがあって、それに懸命に打ちこんでいるその姿が、かっこいいのだろう。

おれの場合は……サッカーかなあ。でも、サッカーもそんなに本気でやってるわけじゃないし。ああ、森さんにかっこいいところを見せることができるものが、何かあればいいんだけど。

一通り演奏が終わると、父さんはこっちに来て、バーボンのグラスに手を伸ばした。

お客さんの中には外国人もいて、大胆なドレスを着た金髪の女の人が英語で何か言いながら近づいてくると、しなだれかかるように父さんに抱きつき、自分の持っていたグラスとバーボンのグラスをかちんと打ち鳴らして、また席へと戻っていった。

「それ、母さんに見られるとやばいんじゃないか」

父さんのシャツの襟元に目をやって、おれは言う。

そこには、真っ赤な口紅のあとがついていたのだ。

「こんなことくらいで愛が揺らいだりはしないよ」

父さんは余裕の表情で、琥珀色《こはくいろ》の酒を飲み干した。少しは焦るかと思ったのに、まったく気にしていないみたいだ。

「あのさ、父さんが……」

おれはカウンターに背もたれるようにして、誰も座っていないピアノを見ながら、横にいる父さんに話しかける。

「すごく好きな人がいたら、どうする？」

若い頃はモテたという父さんの恋愛テクニックを知りたかった。

親と恋愛の話をするなんて、照れくさい。でも、この店の雰囲気だと抵抗が少ない気がした。

「すごく好きな人って言われても、蓉子さんしか思いつかないからなあ」

あごをさすりながら、父さんはのろける。

「すごく好きな人と出会ったから、結婚した。そして、君が生まれたというわけだ」

うーん、何の参考にもならない……。

世の中には、カップルとか夫婦がたくさんいて、当たり前のようにつきあったりしていることが、とてつもなく不思議に思える。

どうしたら、恋人同士になれるんだろう。

「ま、頑張れよ」

ぽんぽんとおれの頭を軽く叩《たた》いて、父さんはまたピアノのほうへ戻っていった。

Scene 8

朝、父親が家から出て行くと、ほっとする。

いつから、こんなふうになったのだろう。父親と母親とわたし。三人でテーブルを囲んでいると、言いようのないほど気づまりな空気が漂う。ぴりぴりとした緊張感。仲の悪い人間に挟まれているというのは、本当に嫌なものだ。

一触即発。ちょっとしたことで、いつなんどき、父親の怒鳴り声や母親のヒステリーが始まるかわからない。このふたりの間にあるのは、憎しみと嫌悪と争いだけだ。

テーブルにはトーストが残っていた。かたくてまずそうなトースト。おざなりに塗られたマーガリンがてらてらと光っている。

わたしは、朝は食欲がないから野菜ジュースだけですましてしまう。だが、たとえ、どんなにおなかがすいていたとしても、あのトーストを口にする気にはなれないだろう。わたしは知っている。母親は、いつもスーパーで賞味期限ぎりぎりで安売りしている食パンを買って来る。そして、その安売りのパンを一週間使う。明らかに古くなったパンを朝食として、父親に出しているのだ。母親は、自分が食べるパンはきちんとしたベーカリーで買っている。

義務的に用意された形ばかりの朝食。

父親もそのことに気づいているのだろう。最近では、トーストに手をつけることはない。何も言わず、ただコーヒーだけを飲み干して、会社へと向かう。

父親が出勤した後、母親は無言でトーストをつまみあげ、ゴミ箱のふたを開けた。毎朝、生ゴミの上に捨てられるトーストを見るたびに、ぞっとする。ホラー映画のどんなシーンよりも、おぞましくて鳥肌が立つ。

「ねえ、せつな、聞いてくれる？」

振り向いた母親は虚《うつ》ろな目でわたしを見た。

「せつなも知っているように、お父さんが家族を裏切ったせいで、お母さん、精神的にとてもつらいめにあったのね」

淡々とした口調に、憎悪がにじんでいる。

「だから、相手の女を訴えることにしたのよ」

朝から不愉快な話題。

年頃の娘に、こんなドロドロした話を聞かせるなんて、精神を疑う。

でも、本人は自分のことで精一杯で、娘の心のことなんてお構いなしなのだろう。

「妻の権利は法律で認められているのよ。こっちには慰謝料をもらう正当な権利があるの。もし、向こうから何か嫌がらせを受けることがあっても、せつなは気にせず、堂々としてなさいね」

母親が言わんとしているのは、たびたびかかってくる無言電話のことだ。その電話は何も告げはしない。だが、その沈黙の向こうに、父親の浮気相手の気配を感じていた。

「お母さんの味方はせつなだけよ」

呪詛《じゅそ》のような声で、溜息《ためいき》まじりに言われる。

わたしはどちらの味方でもない。両親の間の争いに巻きこまないでほしい。

そう言いたかったが、本音を漏らしたところで面倒になることはわかりきっていた。

結局、母親はわたしのことを言い訳に使っているだけだ。

経済力の問題。母親は離婚しても行くところがない。ひとりでは生きていけない。今さら外で働くのはつらいから、別れないほうが得だ。それがわかっているから、母親は「娘のために離婚はできない」と、わたしを利用している。

嫌ならとっとと別れればいいのに。

「はーあ、失敗したわ。ほんと、くだらない男。もっと稼いでくるなら、男の甲斐性《かいしょう》として愛人でも何でも認めてあげないことはないけれど、あれっぽっちの月給で調子に乗って浮気なんかされちゃ、割に合わないわよ、まったく……」

また母親の繰り言が始まった。

父親はそれなりに名の知れた企業に勤めてる。でも、出世コースから外れてしまって、同時期に入社した人より収入が少ないらしい。聞きたくもないのに、そんな愚痴を娘に聞かせる母親のことをわたしは心底、軽蔑《けいべつ》している。

ご愁傷様。

残念だったね。

でも、自分の考えが甘かったんだから、仕方ないよ。どうして、結婚する前にもっときちんと考えなかったの？

自分の頭で考えて、自分で決めたなら、自分の選んだことの結果を受け入れるのが大人だと思う。それなのに、こんなつもりじゃなかったとか、人生を悔やんで、まわりを恨んで、責任転嫁をして、泣き言ばかり。みっともない。

わたしはあなたのような過ちはおかさない。

しっかりと勉強して、男に頼らなくても生きていけるような自立した大人になるから。

心の中で言い捨てて、わたしは立ちあがり、玄関に向かった。

表通りに出て、大きく深呼吸する。

愚痴を聞かされると、自分がゴミ箱になったような気持ちになってしまう。

外の新鮮な空気を吸って、ゆっくりと息を吐き出すと、少しは気分がましになった。

＊＊＊

昼休み。わたしはいつものように、自分の席で黙々と昼食をとっていた。

中学のときにはわたしも、それなりに仲の良い子たちがいて、女子数名によって構成されたグループのようなものに入っていた。机を寄せあってお弁当を食べて、休み時間にはどうでもいい会話をして、連れ立ってお手洗いに行くためのグループ。

しかし、いつしか、わたしは友達づきあいというものが面倒になっていた。

場の空気を読むということ。ほかの人間の感情の動きを察して、相手がどんな言動を取るのか予測する。もし、争いが起きそうな気配を感じれば、取りなすか、巻きこまれないように逃げる。

その能力は両親の不仲のおかげでずいぶんと鍛えられていたので、わたしはグループの中でうまく自分のポジションを確保していた。

けれども、今では、そんなふうに人間関係において気を使うのが、馬鹿馬鹿しくなってしまったのだ。他人の目を気にして、他人の顔色をうかがって生活するのは、うんざりだ。

そこで、高校に入ってからは、まわりの子と積極的にコミュニケーションをとらなかった。その結果、わたしは孤立という平安を得た。

集団に属さなくても、生きていける。

そのことは、わたしをとても自由な心持ちにした。

さばさばとして、気楽な生き方。自分には「ひとり」が合っている。

平穏で、誰にもわずらわされずにすむ生活。

そんな高校生活を送っていたのに、突然、わたしの目の前に現れた男の子がいた。

古賀龍樹くん。

今も、同じ教室にやって来て、友人と楽しげに話しながら、お弁当を食べている。

ちらりと見ると、彼も気づいたらしく、片手を小さく振ってきた。

そんなことをされて、困ってしまう。

もし、手を振り返したりしたら、彼はわたしと特別なつきあいをしていると、周囲に誤解されてしまうかもしれない。それはきっと、彼にとって望ましいことではないだろう。

つきあう相手のランクで本人も評価される。そういう風潮があることは知っている。

中学時代の友人も、人気が高い男の子に告白され、つきあっていると自慢になるからという理由で、好きでもない相手と交際をしていた。

自分の彼氏や彼女を自慢したいという心理は、共感はできないが、理解はできる。だからこそ、母親は父親の出世が遅いことで、コンプレックスを持っているのだろう。自分が選んだ相手がハズレだったと恥じている。

古賀くんは、わたしとつきあっているわけではないのだ。だから、親しいそぶりを見せるわけにはいかない。そもそも、わたしは決して自慢になるような女子ではないのだから、周囲に誤解されては迷惑をかけることになるだろう。

わたしはあえて目を合わせないようにして、彼のとなりを通り過ぎて、教室から出た。

＊＊＊

「おや、君か。森せつな。最近は調子がよさそうだと思っていたのだが」

保健室に入ると、高屋敷先生が顔をあげた。

相変わらずの無表情で、銀縁の眼鏡の奥には、すべてを見透かすような目。

高屋敷先生は、生徒が仮病なのか、本当におなかや頭が痛いのか、簡単に判別できるそうだ。でも、たとえ仮病だとわかっていても、休ませる必要があると判断すれば、受け入れてくれる。

「気分がすぐれないんです」

「確かに顔色が悪いな。眠れているか？」

　高屋敷先生は手をとって、脈を調べた。

「口を開けて。舌を出して」

　言われるとおり、わたしは舌を見せる。

　高屋敷先生は中国医学を勉強していたこともあり、脈と舌の状態から体調がわかるらしい。

「君に必要なのはリラックスすることだな。常に緊張して、体をこわばらせているだろう。その緊張が心身に負担をかけて、不調となるんだ」

　それは自覚していた。だから、ほっとできる自分だけの空間を求めて、この保健室に来た。

「できるだけ、よく笑うといい」

　にこりともせず、高屋敷先生は言った。

「楽しい気持ちで笑うのは百薬に勝る」

　その言葉に、古賀くんのことを思い出した。彼はいつも楽しそうで、よく笑っている気がする。一緒にいるときは、そんな彼につられて、わたしもいつの間にか笑顔になっていた。

「どうした？　脈が変わったぞ」

手首に触れたままでいた高屋敷先生が顔をあげて、わたしの目をのぞきこむ。

まさか、古賀くんのことを考えていたせいで、どきどきしたのが伝わったのだろうか。

「な、何でもありません」

あわてて手をふりほどくと、わたしは空いているベッドにもぐりこんだ。

Scene 9

放課後、校門の近くを歩いていると、森さんの後ろ姿を見つけた。

「森さん、今帰り？　駅まで一緒に行こう」

振り返った森さんは、意外そうな表情を見せた。

「あれ、古賀くん。今日、部活は……？」

「テスト前だから、休み」

「ああ、そうか。もう一週間前だもんね」

だから、今週の土曜日はふたりで映画に行く予定がなくて残念だったのだが、こうやって帰りに一緒になれたのはラッキーだった。

「おれ、今回は真剣にやらないとやばいかも。古文がなあ。中間はかなりまずかったから、期末頑張らないと。森さんって文系？」

「うん、どちらかというと。国語と英語はそうでもないけれど、数学が苦手」

「おれの場合、逆に数学はわりと得意で……」

その瞬間、いいアイディアを思いついた。

「あのさ、一緒に勉強しない？　おれ、数学教えるから、古文教えて」

「え……。でも、うまく教えられないかも」

「いいっていいって。うわあ、一緒に勉強するって、すごく楽しくない？　てか、楽しかったら集中できないからダメか」

おれが苦笑すると、森さんもつられて、くすっと笑いを漏らした。

「そんじゃ、今度の土曜はテスト勉強するってことで。おれの家でいい？　どうせ、うちの親は息子がテスト前だろうとお構いなしに、ふたりでどっか出かけるだろうし」

「うん。わかった」

森さんがすんなりとうなずいたので、このときはまだ、おれは「両親が留守のときに女の子を家に呼ぶ」ということの重大性について認識していなかった……。

＊＊＊

両親が出かけた後、部屋を片づけて、駅まで森さんを迎えに行った。

先についていた森さんは、おれの姿を見つけて、にこっと笑って手を振ってくれた。

おれは一瞬、胸がどきんっとする。けれど、前みたいに苦しいほど心臓が暴れたりはしない。

最初の頃は森さんが目の前にいるってだけで緊張して、がちがちになったものだ。しかし、さすがに最近では慣れて、平静を保っていられる。

そう思っていた。このときまでは。

「遠慮なく、あがって」

家の鍵《かぎ》を開けながら、森さんに言う。

「親はいないし、気とか使わなくていいから」

「お邪魔します」

後ろ向きになって靴をそろえてから、森さんは玄関にあがる。黄色いレースみたいなのがついた短い靴下。相変わらず、小さい足だなあ。

「えっと、スリッパ。使う？」

あわててお客さん用のスリッパを出した。

「ありがとう。あ、ピアノだ……」

居間にあるピアノを見て、森さんは近づく。

「それ、父さんのなんだ」

「お父さん……？」

「うん。ジャズバーで働いてるから」

「プロのピアニストだなんて、すごいね。わたしもピアノ習ってたけれど、全然、才能なくて」

「そっか。森さんもピアノやってたんだ。ちょっと弾いてみせて」

「もう無理。ずっと弾いてないもの」

そう言いつつも、森さんの視線はピアノに向けられたままだった。

「小さい頃は好きだったのに、上手くならなくて、嫌になってやめちゃったの。あきらめなかったら、今ごろはもっと上達してたんだろうな……」

森さんが自分のことを話してくれるなんてめずらしい。家というプライベートな空間だからだろうか。心を開いてもらえたみたいで嬉《うれ》しい。

「ピアニストのお父さんって、どんな感じ？　やっぱり、芸術家って気難しいの？」

「いや。まったく。むしろ、お調子者って気がするな、あの人は。父親としての威厳とかまるでないし。まあ、いちおう尊敬はしてるんだけど、なんか一般的な父親っぽくなくて」

「ふーん。お父さんと仲良いんだね」

「や、どうだろ。普通だと思うけど」

言いながら、ドアを開けて、案内する。

「こっちがおれの部屋だから。適当に座って」

見られてやばいものは隠してあるし、念入りに掃除をしたので、おかしなところはないとは思うが、それでも自分が生活をしているところを見られるというのは気恥ずかしい。

「えっと、ジュースでいい？」

「あ、うん。お構いなく」

オレンジジュースをグラスに注ぐと、部屋の真ん中にあるガラステーブルの上に置いた。

森さんも座布団に座って、バッグからノートや教科書を取り出す。

「まずはね、文法をやっておけばいいと思うの。これは覚えておけば確実に点になるから」

さっそく勉強モードで、森さんはノートを広げた。細い芯《しん》を使って書いたような、色が薄くて形の整った文字がびっしりと並んでいる。

「すげえ、綺麗《きれい》なノート……」

思わず感嘆の言葉が漏れてしまった。

「そうかな。人に見せるものじゃないと思ってたから、書き流しちゃってるけれど」

森さんは照れ笑いを浮かべて、おれのほうにノートを見せてくれる。

「この活用表を覚えてると便利なの。でも、いきなり暗記はきついから、問題を解いて、どういう感じで出題されるかをつかんだほうがいいかも」

「うんうん。おれ、黙々と暗記するより、問題集を解くほうがやりがいがあって好き」

「それなら、この問題集やる？」

森さんは高校で使っているものではない問題集を取り出した。こんなものまで持ってるなんて、めちゃくちゃ勉強する人なのでは……。

「わたしは数学をやるから、あとでわからなかったところを教えっこしよう」

「オッケ。よし、頑張るぞっと」

シャーペンを握って、ノートに向かう。

よもや、テスト勉強が楽しいと思える日が来ようとは想像だにしていなかった……。

幸せ気分で、ありをりはべりいまそかり。

森さんは真剣な顔で、問題集を解いていた。

長い髪がはらりと顔の前に落ちてきて、それをわずらわしそうに手で耳にかける。
ふんわりと花みたいな甘い匂いがした。シャンプーの匂いなんだろうか……。
近い。森さんの顔が、すぐ間近にある。
テーブルの下では、膝《ひざ》が触れそうだ。
そういえば、こんなふうに「ふたりきり」っていうのは、初めてじゃないだろうか。
映画館にはたくさんの人が座っているし、ケーキ屋だってほかに客がいるわけで、
本当の意味でふたりきりではなかった。
だが、今、ここに邪魔者はいない。
ああっ、気づいてしまった！　おれは！
この状況が何とも、おいしいというか、非常に危ういということに……！
いや、違う。森さんはただ、勉強をしに来ただけで……。
でも、ふたりきりって……。
わきあがる妄想に、心の余裕がふっとぶ。
やばいぞ。やばい。余計なことは考えちゃダメだ。平常心、平常心、平常心……。
動きの止まったおれに、森さんが顔をあげた。
「悩んでる？」
言いながら、森さんはおれのほうへと身を乗り出して、問題集をのぞきこんでくる。

そんなに近づいたら……。

「あ、これはね、係り結びなの」

問題集に書かれた和歌を見て、森さんは言う。

『長からむ　心も知らず　黒髪の　乱れて今朝は　ものをこそ思へ』

黒髪が乱れるって……？

これ、よく考えると、かなり色っぽいことを詠《うた》っているのでは……。つい、その姿を想像してしまう。朝の光をあびて、白いシーツの上で黒髪を乱している森さん……。

ああ、やばい！

「係助詞『こそ』は已然形《いぜんけい》で結ぶっていうのが、よく出るポイントだから」

森さんは教えてくれるのだが、おれの頭の中は大変なことになっており……。気を取り直そうと、目をそらして、ほかの場所を見る。

だが、そこにあったのは……。

ベッド!?

ダメだ、ダメだ、ダメだ！

煩悩を振り払うべく、おれは頭を振る。

勇太とか友達は何度も、この部屋に遊びに来たことがあるから、そういうつもりで、気軽に森さんを誘ってしまった。

でも、違うんだ……。
おれは彼女のことが好きで、その好きは友達に対するものとは違っていて……。
「大丈夫？　わたしの説明、わかりにくい？」
森さんは心配そうに、おれの顔をのぞきこむ。
可愛い。森さんはすごく可愛くて、おれはほかの誰にも、こんな気持ちにはならない。
ふたりで映画を見たり、出かけるのは楽しくて。
友達のふりをしていた。仲良くなれればそれでいい、って思いこもうとしていた。
でも、もう、限界だ。
自分を偽って。やましい気持ちを隠して。
裏切っているような気分になる。
苦しくて、これ以上、一緒にはいられない。
そばにいるからこそ、どんどん好きになって、心が抑えきれなくなってしまう。
もっと、近くに。
距離を縮めたい。
踏みこみたい。
引き寄せたい。
でも、手は伸ばせない。

こんなんじゃ、生殺しだ……。

「ごめん」

言うしかなかった。言わずにはおれなくて。

「おれ、やっぱ、森さんのこと好きだから」

森さんは驚いたように目を見開く。

断られることを考えたら、今のほうがいいのかもしれない。ふられて、もう二度と森さんと会えないなんて、身を切られるようなつらさだ。

でも、おれは貪欲《どんよく》で。我慢できなくて。

森さんを見つめて、ついに言ってしまった。

「返事が欲しい。つきあってください」

Scene 10

つい先ほどまで、わたしは二次関数の交点を求めていたはずだった。

それがなぜか今、とてつもないほどの難問を突きつけられていた。

「返事が欲しい。つきあってください」

古賀くんは真剣な声で言った。

ショックだった。

頭の中が、真っ白になる。

だって、そんなの、今さら……。

裏切られたような気がした。

どうして、そんなことを急に言うの？

感じたのは、理不尽な怒りだった。

裏切り？　裏切るもなにも……。裏切りは期待の反動だ。そもそも、他人を信じなければ、裏切られることだってないわけで……。

ああ、そうか。

わたしは気づいた。

安心していたんだ。彼のそばにいることに。

だから、こんなふうにうかうかと彼の部屋にまでやって来ていた。

けれども、彼は突然、わたしと対峙《たいじ》した。

雰囲気が一変する。緊張が走る。

これまでは、くつろいでいられたのに。

油断してしまうほど、わたしは彼に心を許していたというのに……。

思いがけない決断を迫られて、ひたすら困惑するしかない。

「でも……わたし……」

何と答えていいか、わからない。

わたしは答えなければならないの？

わたしの返事によって、この関係は変わってしまうの？

どうしてあなたはそんな要求をするの……？

彼の顔をまともに見られない。その目が、言葉にならない思いを訴えてくるようで。

愛の告白なんて、ロマンチックなものじゃない。まるで銃を突きつけられているような気分だ。

「ごめん、いきなり。でも、どうしても我慢できなくて。返事は今すぐじゃなくてもいいから」

彼はわびたが、今度は告白の言葉を取り消すつもりはないようだった。

「少し……考えさせて」

何とかそれだけ言うと、わたしは彼の部屋を後にした。

＊＊＊

考えると言っても、何をどう考えればいいのかすら、わからなかった。

気が動転して、頭の中がぐるぐるして……。

自分の部屋で膝《ひざ》を抱えて座ったまま、わたしは明かりもつけず、じっとしていた。

家に帰ったとき、母親が留守だったのは幸いだった。こんな心の状態で母親の相手なんてさせられたら、ろくでもないことを口走ってしまいそうだった。

ひとりでいると、次第に平静さを取り戻した。

床には教科書を入れた鞄《かばん》が転がっている。

今はテスト前だ。こんなことに、頭を悩ませている場合ではない。

わたしは立ちあがり、明かりをつけ、数学の問題集を手に取った。ぱらぱらとめくるが、まったく集中できない。数式が頭を素通りする。

彼があんなことを口にさえしなければ、今も一緒に試験勉強をできていただろうに。

そう思って、わたしは腹を立てた。

それほどまでに、わたしは彼と勉強することを……彼のそばにいることを……楽しみに思っていたのだ。

そう、楽しみだった。
彼との空間を心地良く思っていた。
毎週、土曜日に会って、映画を見て、話して、一緒にいて……。
わたしは彼のことを……。
つきあってください、と告げられ、返事を迫られ、答えに困っている。
以前のわたしなら、にべもなく断っていたと思う。困惑することもなかった。
返事は「はい、つきあいます」か、「いいえ、お断りです」の二択だろう。
わたしが「いいえ」と答えれば、彼との関係は終わってしまう。
それは……。
とても悲しいことだった。
心が傷つく。こんな苦痛、久しぶりだ。
「……最悪」
思わず、口に出してつぶやく。
強く生きていこうと思っていた。
ひとりで。
誰にも頼らず、誰も必要とせず。
それなのに、こんな気持ちになってしまうなんて。彼を……失いたくないなんて。

ほだされた。

情にひかれて、つい、その気になってしまい、心の自由を縛られる。

絆《きずな》とは、本来、動物を繋《つな》ぎとめておくための綱のこと。足かせ。自由をさまたげるもの。

そういうものをわたしは嫌悪して、両親との繋がりさえ断ち切ろうとしていたのに。

初めから何も持たなければ、失うこともない。

でも、今は……。

二択のうち、一方の選択肢を選びたくないと思っている。それなら、答えは簡単なはずだ。けれども、わたしは迷っている。

こういうとき、仲の良い友達でもいれば話を聞いてもらえるのだろう。

だが、わたしには相談相手なんていない。もちろん、母親に話せるわけもない。世の中には、友達のように何でも話しあえる親子関係というものがあるらしいが、わたしには考えられないことだ。

彼は……古賀くんは……両親と仲が良さそうだった。お母さんは雑誌の編集者でミュージカルが好き、お父さんはジャズピアニストで料理上手。自分の家族について、楽しげに話していた。

目を閉じると、彼の笑顔が浮かんでくる。

嬉《うれ》しそうな笑顔、はにかむような笑み、幸せそうな微笑み……。

彼はいつも明るくて、よく笑っていた。古賀くんと一緒にいると、わたしまで明るい気持ちになった。この人生が、そんなに悪いものではないのではないかと思えた。

彼のまなざしは優しくて、最初は見つめられることに戸惑った。けれども、いつからか、居心地の良さを感じるようになっていた。

思い出すほどに、胸が苦しくなっていく。

彼はまっすぐに、わたしを好きだと告げた。

すごい勇気だ。尊敬すらしてしまう。

心をさらけ出すなんて、わたしにはできない……。

古賀くんが両親の話をしているときも、わたしは聞くばかりで、決して自分の家のことは語らなかった。

隠そうという意図があったわけじゃないけれど、わざわざ不愉快になるような話をする必要もないと思った。それに、古賀くんと一緒のときくらいは家のことを忘れていたかった。

彼の話を聞いていると、自分の家族をとても大切に思っているのが伝わってきた。

幸せな家庭なんてもの、想像できない。

わたしのもっとも身近にいる夫婦の関係は、すっかり冷め切っているから。

いつだって相手をおとしめ、傷つけるために言葉を発している。

昔は愛しあっていて、その愛が永遠だと思ったからこそ、結婚したのだろうに。

愛情なんて信じられない。人は変わってしまうもの。憎しみあう両親。自分があんなふうになってしまうのは絶対に嫌だ。

同じ失敗をしたくない。

両親みたいになりたくない。

恋愛なんて面倒なだけだし、憧《あこが》れなどまったくなくて、できれば避けたかった。

今だって、その気持ちは変わっていない。

恋人なんか欲しくない。他人に心を乱されたくない。特別な存在ができるなんて、悪夢だ。

でも、自覚してしまった。

わたしは彼のことが……好きなのだ。

もう二度と仲良く出かけたり、あの笑顔を見ることができないと思うと、涙がこぼれ落ちてしまうほどに。

＊＊＊

テストの出来は散々だった。

ほれみたことか。恋愛感情になんて支配されてしまったせいで、この体たらく。

古賀くんと顔を合わせてしまうと気まずいと思って、わたしは放課後、すぐには靴箱に向かわず、保健室へと寄り道をした。

「保健室は自習室ではないのだぞ。森せつな」

高屋敷先生は迷惑そうな顔をしながらも、わたしの訪問を受け入れてくれる。

古賀くんと知り合う以前、学校内で唯一、話をする相手が高屋敷先生だった。

「先生は……」

わたしは視線を落として、高屋敷先生の左手を見る。薬指に光っているプラチナの指輪。

「結婚して何年になりますか？」

突然の質問に、高屋敷先生は明らかに鼻白んだ感じだった。

「十年近いが、それがどうかしたか」

自分の個人的な悩みを打ち明ける気はない。それなのに、高屋敷先生からアドバイスをもらいたいと思っている。虫のいい話だ。

「今も、奥さんと仲が良いですか？」

「ああ、そうだな」

軽く指輪に触れ、高屋敷先生はうなずいた。

「愛情って冷めるものじゃないんですか？」

できるだけ無関心を装っているつもりだったのに、声が震えて、感情がこめられてしまう。

高屋敷先生も気づいたと思う。でも、表情を変えず、先生は静かな声で答えてくれた。

「うちに限って言えば、愛が冷めるということはなかったな。むしろ、共に時間を過ごすことで、愛情はより深まっている」

「飽きたり、幻滅したり、しませんか？」

わたしは立ち入った質問をする。高屋敷先生は私生活について語るような人ではないのだが、今日はわたしの話に乗ってくれた。

「飽きるというのも考えられないことだ。妻は聡明《そうめい》でユニークな女性で、向上心を持ち、年を重ねるごとに魅力を増している。会話をしていても、常に新鮮な驚きがある」

まったく照れもせず、しれっとした顔で高屋敷先生は言った。

「それに、妻とのつきあいは長く、結婚というものについても、お互いの考えをしっかりと話しあっていたからな。幻滅するわけもない」

「話しあい……ですか？」

そういえば、わたしの両親は感情的な罵《のの》りあいをすることはあっても、論理的にお互いの意見を伝えあうということをしない。

「我々は、良好な関係のためにもっとも大切なのはコミュニケーションだと考えている。しかし、これはあくまで一例で、参考にはなっても、絶対の答えではないだろう。自分の恋愛というものは、他人の意見ではなく、相手と向きあうことでしか解決できないものだ」

すべてお見通しというような目で、高屋敷先生はわたしに言った。

相手と向きあう……。

わたしの相手は、古賀くん。

そうなんだ。両親のことなんか関係ない。

わたしは、両親とは違う。べつの人間だ。

うん、よし、決めた。

自分の気持ちに素直になって、古賀くんと向きあってみよう。

Scene 11

テスト最終日。

森さんに教えてもらったところがばっちり出たおかげで、古典はなかなかの手ごたえだった。かなり、いい点数かも……。

しかし、いくらテストの結果がよさそうだろうとも、おれの気持ちは沈んだままだった。

あの日、一緒にテスト勉強をしていたとき、おれは気持ちを抑えきれなくなって、森さんに告白してしまって……。

その瞬間のことを脳の中でリプレイすると、今でも「あああ～っ」と叫びながら、頭を抱えてうずくまりたくなる。

あれからすぐ森さんは帰ってしまって、その後、まったく会っていない。

テスト期間中は昼までだから、勇太と弁当を食べるために一組に行くという口実もなく、森さんの姿を見かけることもできなかった。

森さんに会いたい。でも、会うのは怖い。どんな顔で会えばいいかわからない。返事が欲しいと言ってしまった以上、次に会うときには、答えを聞くことになるだろう。

自分で決めたことだ。

後悔はしないつもりだった。

でも、ものすごく、もったいないことをしてしまったんじゃないだろうか……という思いがぬぐいきれない。

せっかく仲良くなれたというのに、ふられてしまえばすべて水の泡だ。

あのまま何も言わなければ、森さんともっと一緒にいられたのに……。友達として親しくできたのに……。

でも、無理があった。

内心じゃ森さんのこと異性として見て、意識してるっていうのに、友達面してそばにいるのはフェアじゃない気がした。

だから、告白したのは失敗じゃない。

だめなら、きっぱりふられて、リセットしたほうが気持ちも前向きになれる……はずだ。

理屈の上ではそう割り切ろうとしているのだが、ふられたときのことを考えると、どうしてもつらくなる。こんな思いをするくらいなら、何も言わなきゃよかった……という気すらしてしまう。

なんだかんだ言っても、これって後悔してるってことだよなあ……。はあ……。

おれは肩を落とし、とぼとぼ歩きながら靴箱へと向かう。

昨日はテスト勉強と森さんのことで頭がいっぱいであまり眠れなかったから、帰ったら寝ようかな……などと思いながら、靴箱に手を伸ばすと、そこに何かがあることに気づいた。

小さく折りたたんだ紙切れが入っていたのだ。開いてみると、丁寧な字でこう書かれていた。

『放課後、噴水公園で待っています。森』

こ、これは……！

ついに来てしまったのだ。審判のときが。

はやる心を抑えて、おれは校門へと歩いた。

＊＊＊

駅に向かう大通りから一本入ったところに、噴水公園はある。ブランコや砂場といった遊びの道具はなくて、小さな噴水に花壇や遊歩道、ベンチなどが用意された小さな公園だ。

夕方には犬をつれて散歩をしている人も見かけるが、今の時間帯はほとんど人がいない。

森さんは、噴水の前に立っていた。

その姿を見た瞬間、胸が締めつけられる。

やばいなあ……。やっぱ、好きだ。

今日は制服姿。物思いにふけるように、噴水を見つめているその横顔……。

なんで、こんなに好きになったんだろう。

初めて会ったときより、今のほうが好きだ、確実に。

おれに気づいて、森さんは顔をあげた。

「ごめんね、急に呼び出して」

「いや、こっちこそ、この間はごめん」

どちらからも話を切り出しにくくて、気まずい沈黙が流れる。

何か言ったほうがいいよな。でも、何を話せばいいのか……。頭の中でぐるぐると考えているうちに、先に口を開いたのは森さんのほうだった。

「あのね、この間の話なんだけれども……」

いきなり本題だ。

あー、心臓がばくばくする。

どっちの答えを聞いてもいいように、腹をくくって、おれは次の言葉を待つ。

だが、森さんが口にした言葉はイエスでもノーでもなかった。

「返事をする前に、聞かせてほしいの」

おれはごくりと唾《つば》を飲み、うなずいた。

「つきあうって、どういうこと？」

無邪気ともいえるような目で、森さんはこちらを見つめてくる。

「え？　それは……」

予想外の言葉に、おれは戸惑う。

「つきあうってのは……友達じゃなく、恋人同士になるってことで……」

必死に考えながら、言うべきことを探す。

「つきあってたら、キスとかしても……怒られない……？」

待て。何を言ってるんだ、おれは。

これじゃ、まるで体が目当てみたいじゃないか！　違う違う！　そうじゃなくて。

「もっ、もちろん、つきあったとしても、森さんが嫌がるなら、しないけど！」

両手を振って、あわてて否定する。

あー、顔が熱い。火が出そう。

「だ、だからさ、一般論として、恋人同士がするようなことをしてもいいですよっていうのが、つきあうってことじゃないかと思う」

我ながら言い訳じみているが、つきあうっていう言葉の使い方を考えてみると、世間一般ではそういうことじゃないだろうか。

暗黙の了解というやつだ。

「恋人同士がするようなことって？」

森さんは真顔で問い返してきた。

「いや、それはさ、えーと……」

こ、この話題はまだ続くのか……？　あまり深く突っこまれると墓穴を掘りそうなのだが……。

「とりあえずは、ふたりでどっか遊びに行ったり……って、まあ、これは今までもやってたけど。あ、そうだ。もし、森さんがケータイを持ったら、メールとかもできるし！」

できるだけ健全なおつきあいの方向で話を進める。下心だけで告白したなんて思われたら最悪だ。

森さんは真面目な顔つきで、おれの言葉に耳を傾けている。

「あのさ、数秒だけ待って。ちょっと、自分の中で整理してみる」

森さんにそう告げると、おれは気持ちを落ち着かせるため、深呼吸をした。

そして、脳細胞をフル回転させる。

つきあうって、改めて定義しようとすると難しい。漠然とその意味はわかってるつもりだったけど、自分の言葉でまとめてみたことはなかった。

おれは、森さんとつきあいたい。

それは、どういうことかというと……。

「おれにとって、つきあうってのは、一番好きな相手っていうことで、最優先の存在っていうか、ただひとりの特別な人だって証明みたいなもんだと思う」

途切れ途切れに言って、少し考えて、補足する。

「つまり、おれは森さんが好きだから、友達って立場じゃ満足できなくて、つきあいたいっていうのは、おれも森さんにとっての特別になりたい、ってこと」

どうにか自分の考えを言語化してみた。

あー、でも、この言い方じゃ、ただの独占欲みたいだよなあ。

自分の気持ちの半分もうまく伝えられなくて、軽く自己嫌悪する。でも、今のおれにはこれぐらいが精一杯だった。

「おれが思うのはこんな感じなんだけど……」

おずおずと森さんの反応をうかがう。

「ありがとう。古賀くんの言う、つきあうの意味がわかった気がする」

森さんは納得したようにうなずいて、おれの顔をまじまじと見つめた。

「古賀くんって正直だよね」

「え、うん、まあ、あんまり、隠し事とかしたくないし」

「そういうふうに、素直に自分の気持ちを言葉にできるのってすごいと思う」

唐突にほめられて照れるが、単純に嬉《うれ》しい。

「古賀くんを見習って、わたしも今の自分の気持ちを言葉にしてみるね」

森さんは勇気をふりしぼるように、両手を体の横でぎゅっと握ると、口を開いた。

「わたしの両親は、とても仲が悪いの。だから、わたしは恋愛感情というものを信じられない」

森さんは驚くほど冷たい声で言う。

そういえば、森さんはこれまであまり自分の家族の話をしなかった。そんな事情があったのか……。

「つきあうどころか、結婚していてさえ、相手を裏切ることはあるでしょう。つきあっても心は縛れない。約束なんて簡単に破ることができるもの」

聞いているうちに、だんだん、落ちこんできた。

これは明らかにお断りの方向に進んでいる気配なのでは……。

「つきあうなんて行為に興味はなかった。恋愛なんてしたくなかったし、恋人もいらないと思っていた。わたしは誰のものにもなりたくない」

森さんはきっぱりと言い切った。

目の前が暗くなって、絶望的な気分になる。

つらくて逃げ出したくなるが、目をそらすことができない。

「でも、わたし……わたしも古賀くんと一緒にいて楽しい。特別な存在だと思う」

おれは覚悟を決め、ごくりと喉《のど》を鳴らす。

「だから……」

森さんは自分の右手を前に差し出した。

……握手？

「おつきあいします」

あれ？　えええ？　今、なんて……？

ぽかんとして、おれは森さんを見つめる。

こちらに向かって、まっすぐに差し出された手。

そう、明らかに握手を求める姿勢だ。

おれも急いで、自分の手を出した。

おれたちは向かいあって、握手を交わす。

森さんの手は小さくて、指が細くて、冷たくて……壊れそうだったから、そっと握った。

信じられない……。夢みたいだ。

「ほんとに？　まじで？　いいの？」

念を押すおれに、森さんはこくりとうなずく。

やったあ！　嬉しすぎて、顔がゆるむ。

手の繋《つな》がった先。

そこに森さんがいる。

友達じゃなく、彼女として。

好きな人に、自分を受け入れてもらえた。

これ以上に幸せなことってあるのだろうか。

おれは本当に心の底から、生まれてきてよかった、と思った。

Scene 12

手を繋いで、駅まで向かった。

なんだか、気恥ずかしい。まわりの人の視線が気になってしまう。自意識過剰だとは思うけれど。

古賀くんの手は、あたたかかった。

わたしよりも大きな手。

不思議な気持ちだ。

どきどきするけど、安心する。

彼の手のぬくもりが、わたしの指を包みこむ。

特別だ。

わたしは改めて実感する。

ほかの誰とも、決してこんなふうに手を繋ぎたいとは思わないだろう。むしろ、絶対に触れられたくなんかない。

古賀くんだけ、特別。

彼だからこそ、繋がっていたいと思う。

古賀くんはわたしよりも背が高いから、手の位置も違えば、歩幅も違う。きっと、手を繋いだままでは歩きにくいだろう。

でも、彼は駅に着いても手を離さなかった。

古賀くんの体温が伝わってくる。

わたしの手が、彼の手で温められる。

手を離すタイミングを図り損ねて、わたしたちは隣りあったまま駅の階段を上った。

手を繋いで階段を上るというのは、なかなか難しい。慣れてないから、ぎこちない。

とうとう、改札の前まで来た。

定期券を取り出すために、わたしたちは手を離さなければならない。

それでも、古賀くんは手をほどかなかった。

改札の前に立ち尽くす。

手は繋いだままで。

わたしたちは、顔を見合わせて、笑った。

おかしくもないのに、顔がほころぶ。

「……離したくないな」

ぽつりと古賀くんはつぶやいた。

そして、繋いだ手をぎゅっと力強く握ってくる。

その瞬間、今さらではあるが、わたしは理解した。

この人は、わたしのことが好きなんだ……。

これまでは、正しくわかっていなかった。

好きという気持ち。

わたしはその気持ちを知らなかったから、彼がどれだけ「好き」と言っても、その意味を理解することはできなかった。

でも、今ならわかる。

彼は勘違いをしているのでもなければ、わたしに幻想を見ているのでもない。

本当に、わたし自身に対して、混じり気のない好意を向けているのだ。

わたしが彼を好きだと思うように。

古賀くんの中にある気持ちが、わたしの中にもある。だから、わかる。

愛情なんて信じていなかった。

でも、好きになってしまった。

愛はある。ここに。

「……帰りたくない」

わたしもぽつりとつぶやく。

この手を離してしまうことは、身を引き裂かれるようだ。

胸の奥が痛い。

心細いような気持ち。

ぎゅっと強く、彼の手を握り返した。

今はいい。今はまだ大丈夫。

でも、古賀くんのそばにいるのが幸福であればあるほど、家に帰るのが憂鬱《ゆううつ》だった。

「でも、帰らなきゃ。遅くなったら、親がうるさいから」

自分に言い聞かせるようにわたしはつぶやく。

「そうか。じゃあさ、明日《あした》も会おう」

古賀くんの言葉に、もちろんうなずいた。

「森さんの行きたいところに遊びに行こう」

「うん、どこでもいいよ」

「おれもどこでも……」

そう言って、古賀くんは苦笑する。

「これじゃ、決まんないな」

少し考えた後、彼は口を開いた。

「いつものとこで待ち合わせて、適当にぶらぶらしようか」

わたしたちは明日の約束をして、ようやく手を離した。

「あのさ、告白ＯＫしてくれてありがとう」

別れ際、彼は言った。

「おれ、すっげえ幸せ」

とびきりの笑顔を見せて、彼は電車に乗りこんだ。

＊＊＊

火照った頰を何度も手であおいで、熱を冷ましてから、わたしは帰宅した。

「お帰り。遅かったわね」

母親はテレビに顔を向けたままで、不機嫌そうな声を出した。

古賀くんと一緒にいたときにはあんなにも浮かれた気分だったのに、家に帰った途端、真っ黒な泥の中にいるような不快感に包まれた。

わたしは母親と目を合わせないようにして、自室へ向かった。

母親は、父親がよそに女を作ったことに対して底知れぬ恨みを抱いている。そして、わたしに恋人ができたとわかれば、絶対に祝福などしてくれないだろう。

自分が不幸な人間は、ほかの人間をも引きずり下ろそうとする。

自室のベッドに横になると、ゆっくり息を吐いた。そして、自分の右手を広げてながめる。

古賀くんと繋《つな》がっていた手。

見慣れた自分の手だけど、新鮮に思える。

目を開けていても、閉じても、浮かんでくるのは古賀くんのことばかりだ。

わたしを見つめて「すっげえ幸せ」とつぶやいた古賀くんの笑顔。

それを思い出すと、顔がゆるんでしまう。

だめだ。好きすぎる。

一度、気持ちを認めてしまうと、歯止めがきかなかった。

会いたい。早く、古賀くんに会いたい。

苦しくて、胸が張り裂けそう。

自分の体なのに、自分じゃないみたいだ。

やがて、父親が帰宅した物音が聞こえた。

「せつな！　ごはんよ！」

「いらない。食欲ないの。熱っぽいし」

わたしは二階から返事をした。

仮病というわけではない。実際に、胸がいっぱいで、食事は喉《のど》を通りそうになかった。下からは例によって、食器の割れる音が響いてきた。

嫌だなあ……。

久々に、わたしはそう思った。

両親の争いに、心が痛くなる。

テレビのスイッチを入れると、古いホラー映画をやっていた。

見知った場面。巨漢の殺人鬼が、電動のこぎりを片手に歩いている。

彼の名は、レザーフェイス。人間の皮をはいで作ったマスクをかぶった殺人鬼。トビー・フーパー監督の『悪魔のいけにえ』だ。リメイク版の『テキサス・チェーンソー』も見たけれど、やっぱり、こちらのほうが異常性が際立っているように感じる。

狂った家族。うなるのこぎり、切断……。

画面を見ていると、落ち着いてきた。

普通の人なら目をそむけたくなるであろう残虐なシーンで平静を取り戻すというのもおかしな話だけれども。

そういえば、いつか、古賀くんから問われた。

どうしてホラー映画が好きなのか、と。

そのときには理由なんて答えられなかった。けれども、今なら説明できそうな気がした。

ホラー映画を見ていた理由。

何も怖くない。

そう思うために、わたしは自分を試していたのだと思う。

ホラー映画を見ることで、恐怖を克服する術《すべ》を身につけようとしていたのだ。

おそろしい映画を冷ややかな目で鑑賞することは、わたしに自信をつけさせた。

恐怖というものは不条理であるほど引き立つ。

殺人鬼に切り刻まれる被害者たちに理由なんてない。

理屈が通ってしまうと、怖さは半減するのだ。

意味がわからず、わけもないのに、何故か襲いかかってくる恐怖。

わたしはそれらを乗り越え、やり過ごした。

不条理。

それがホラーの要《かなめ》だ。

わたしの両親が不仲なことは、わたし自身に因果があるわけではない。

運が悪かったとしか言いようがない。

幸福な家庭に生まれ落ちることができなかったわたしも、殺人鬼に遭遇したり、呪われた屋敷に足を踏み入れてしまうホラー映画の登場人物も。

傷つかない方法。
それは、何も感じないこと。
ホラー映画を見るたびに、わたしは訓練していたのだ。
平気。わたしは何も怖くない。
平気。わたしの心は傷つかない。
無感情、無関心。
どんなに痛そうな場面も、どんなにおぞましい情景も、平気な顔で直視できる。
そうやって、心を殺して、両親のことだって何も思わないようにしていた。
けれども……。
わたしは心を動かしてしまった。
古賀くんと出会ったことで、心が生き返ったのだ。
傷ついてしまう心……。
でも、この心が、古賀くんのことを好きになった。
わたしは右手で、そっと自分の胸を押さえる。
大切なものができてしまった。
失いたくない、という気持ち。
ものすごく怖い。

大切なものなんてなければ、こんな気持ちにならなくてすんだ。

最初から何も望まなければ、心は安らかだ。わたしはそうして、絶望して生きていた。

でも今は、古賀くんのそばにいられることを望んでしまう。

古賀くんがわたしのことを好きと言ってくれて、わたしも彼のことが好きで、一緒にいると楽しくて、幸せで……怖い。

こんな種類の恐怖があるなんて知らなかった。

「出て行け！　この家から出て行け！」

下から一際大きな怒鳴り声が響いた。

父親の言葉に、わたしも心の中で同意する。

そうだよ、嫌なら出て行けばいい。

幸せじゃない両親の姿を見ているのは……わたしだってつらいのに。

どうしようもできない。無力感。

「出て行けですって？　ここはあなただけの家じゃないのよ！　あなたの稼いだお金の半分は、わたしのものなんですから！」

聞いているだけで、耳が汚れそうだ。

テレビを消すと、布団にもぐりこんで、両手で耳をふさぐ。

わたしは古賀くんと手を繋いで、とても幸せな気持ちに満たされた。それだけでよかった。

憎しみあっている両親はかわいそうだ。同情する。まあ、自業自得だとは思うけれど。

両親のことなんて、もう考えるのはやめよう。悩むだけ無駄だ。わたしが心を痛めたって、あの人たちの関係が改善されるわけじゃない。

古賀くんに会いたいな……。

早く明日《あした》になればいいのに。

明日の約束のことを思うと、胸がほんわかとあたたかくなる。幸せだ。

たとえ、すぐ下では両親のいさかいが起こっていようとも。

古賀くんと離れているのはつらい……。

あ、そうだ。

わたしはふと思い立って、ベッドから出ると、机の引きだしを探った。

そして、見つけた一枚の紙切れ。

そこには、古賀くんの書いた携帯電話の番号が並んでいる。

以前、古賀くんからもらったのだ。

そう、初めて映画に誘われたとき。

あのときには、まさか、自分が彼を好きになるなんて思いもしなかった。

人生って何があるか、わからない。

わたしは手の中の数字を見つめた。

この番号に電話すれば、古賀くんに繋《つな》がるのだ。

それを考えると、ただの数字の羅列が特別なものに思えてくる。

電話をするつもりはなかった。

もう夜も遅いし、話すことがあるわけじゃない。

それに、電話越しに声を聞いたら、余計につらくなりそうだ。それこそ、電話を切れなくなってしまうだろう。

実際に電話しなくてもいい。

この番号があれば、繋がることができる。いつでも。それだけで十分だ。

わたしは片手の中に、その紙切れを握り締めて眠った。彼の手を握るみたいに。

Scene 13

一学期が終わって、恋人ができた。

めちゃくちゃ幸せすぎて、何をしていても顔がにやけてしまう。

森さん。森せつな。おれの恋人。

なんだか、今でも信じられないような気分だ。

ものすごく好きになった相手が、おれのことも好きになってくれて、つきあうことになって……。

もし、告白してOKをもらえなければ、淋《さび》しい夏休みになっていただろう。でも、おれと森さんはつきあってるから、学校が休みでも、会おうと思えばいつだって会えるのだ。

夏休みといってもおれは部活があるので毎日は無理だけど、それでも森さんはできるだけ会う約束を入れてくれた。

そして、今日もデートなのだ。

朝食のトーストを食べながら、おれは今日の予定を考えていた。森さんとはいつもの場所で待ち合わせている。

それから、どうしようかなあ……。

森さんは映画が好きだから、デートでは映画館に行くことが多い。でも、さすがに連続では観るものもなくなるし、金も苦しくなる。いちおう、おれはバイトをしているけれど、それでも自由になる金額は限られているわけで……。

すると、父さんの広げていた新聞が目に入った。

「あ、それ、ちょっと見せて」

おれは新聞をのぞきこむ。

そこには『美術館』『高校生無料』という文字が並んでいたのだ。

「あら、龍樹。絵になんて興味あったの？」

意外そうな口ぶりで言う母さんのとなりで、父さんがにやりと意味深な笑みを浮かべた。

「美術館デートってのもいいよな」

それを聞いて、母さんまでにやにやと笑う。

「ああ、そういうこと。そうよねえ。学生のデートはお金かけられないから、行く場所にも困るのよね」

「いや、べつに、そんなんじゃ……」

両親に見透かされるというのは、ばつが悪い。

おれは横を向いて、トーストをかじった。

「いいじゃない。高校生で美術館デートだなんて、センス悪くないと思うわよ」

そんなものだろうか。森さんも、センスいいと思ってくれるかな……。

「でも、美術館って混んでるだろ」

前に両親とオルセーだったかエルミタージュだったか有名な美術館の絵を見に行っ

たときには、めちゃくちゃ行列していたのだった。

「常設展なら、そんなに混雑はしてないと思うぞ」

父さんが言うと、母さんもうなずく。

「こういうちょっとした展示を気軽に見るほうが、デートには向いてるのよ。あ、そうそう、美術館って思っている以上に歩きまわって足が疲れるものだから、彼女のこと気づかってあげなさいよ」

その忠告におれは素直にうなずく。

しかし、両親に彼女のことがバレバレなのはともかく、デートについてアドバイスをもらうってどうなんだろう……。

まあ、いいか。隠すようなことでもないし。

「いいわねえ、美術館デートだなんて。パリを思い出すわ」

両親たちは、恋人時代にデートで行った美術館の話から新婚旅行のときの話題になって、懐かしそうに語りあっている。

ふたりが自分たちだけの思い出話に浸っている横で、おれはせっせと新聞を切り抜いた。

＊＊＊

待ち合わせ場所に、森さんの姿はなかった。

少し早めに着いたので、しばらく待つ。だが、約束の時間になっても、森さんは現れなかった。

おかしいな……。これまでは一度も時間に遅れることなんてなかったのに。

おれは時計をちらちらと何度も見る。

そういえば、森さんってケータイ持ってないんだよな。こういうとき、連絡が取れないってのは不便だ。ああ、どうしたんだろう……。大丈夫かな。何か事故とかじゃなければいいけど……。まさか、今日の約束、忘れられてるってことは……。

やきもきしながら待っていると、約束の時間よりも十分ほど過ぎた頃、ようやく森さんが走ってきた。その姿を見て、おれはほっとした。

「ごめ……ん。電車が……」

息を切らせながら、森さんは説明する。

どうやら、事故のせいで電車が遅れたらしい。

「大丈夫。そんなに待ってないし」

さっきまではすごく長く感じていたけれど、よく考えたら、たった十分の遅刻だ。

「とりあえず、落ち着いて」

森さんはうなずくと、胸に手をあてて深呼吸した。しばらくすると、息も整ったみたいだった。

「森さんは、ケータイって持たないの？」

聞いてみると、森さんは小首をかしげた。

「携帯電話？」

「うん。ケータイがあれば、こういうときに便利かなと思って。メールのやりとりもできるし」

森さんの表情が少し曇る。

「無理だと思う。親が許可してくれないから」

「そっか。なら、仕方ないか」

「うん……。ごめんね」

「いやいや、謝ることないって。森さんが悪いわけじゃないし。大変だよな。親が厳しいと」

「厳しいっていうか、頼みづらくて」

「ちなみに、おれの場合、ケータイを持ったのは中三のときで、全国模試の結果が全科目平均点以上だったら買ってもらうって賭《かけ》を親としたんだ。あのときは、必死で勉強したな」

　もともと成績はいいほうじゃなかったおれが、県でもトップの進学校を目指そうなんて思ったのは、そのときの模試の結果が予想外に良かったからだった。もし、あのときに猛勉強をしなかったら、今の高校には入ってなかっただろうし、そうしたら森さんには会えなかったんだよな。そんなことを考えると、今、こうして森さんとつきあっていることが奇跡みたいに思える。

「そういうわけでさ、森さんもできそうだったら、そんなふうに親と交渉するってのもありかなと思って」

「なるほど。……ああ、でも、やっぱりだめ」

　森さんは悲しげに首を横に振った。

「急に携帯電話なんて欲しがったら、変に思われて、いろいろと勘繰られるだろうし。それに、うちの親、勝手にメールとか見そうで……」

　森さんの顔がますます暗い表情になってしまう。せっかく会えたというのに。

「あ、そうだ。これ、今朝、新聞に載ってて」

　おれはあわてて話題を変えた。

「森さん、絵って興味がある？」

ポケットから新聞の切り抜きを取り出す。

「うん。わたし、美術選択だよ」

「そんじゃ、今から行かない？」

「いいね。面白そう」

森さんの表情が明るくなったので、おれの心も軽くなった。

森さんと並んで歩き出す。

すぐそばに、森さんの手がある。

今日も、手を繋《つな》いでもいいんだろうか。

片手を伸ばそうとして、少しためらう。

いいのかな？　いいよな。おれたち、つきあってるんだし、遠慮しなくても……。

でも、つきあってても、いちおう、断りはいれるべき？

そもそも、歩いてるときってのは手も動いてるから、いきなり握るというのは難しい。

「あのさ、手を……」

思いきって、おれは言ってみた。

「え？」

きょとんとした後、森さんは意味に気づいたみたいで、少し照れたような顔になった。

「……はい」

そう言って、森さんは片手を差し出す。

おれはそっと、その小さな手をつかんだ。

初めて手を繋いだときは、森さんの手の小ささとか柔らかさにびっくりして、どきどきして緊張しまくりだった。

でも、今は少し違う。おれの手の中に、森さんの手がすっぽりとおさまるのが、自然な感じという気がするのだ。

しみじみと、つきあってるんだっていう実感がわきあがってくる。

ああ、ほんと、こんなに幸せでいいんだろうか。

＊＊＊

館内はがらがらと言っていいほど空《す》いていた。

ほかにお客さんはほとんどいないので、少しくらいならしゃべっても迷惑にならないだろう。

「なんか、変わった絵が多いな」

「そうだね。シュルレアリスムというか、不思議な感じの絵ばっかりだね」

「あ、この絵、見たことある。エッシャーのだまし絵だ」

「エッシャーの発想ってほんとすごいよね」

「この階段、どうなってるんだ？　見れば見るほど、混乱するぞ」

「こういう絵だったら部屋に飾ってもいいな」

「うんうん。この絵は絶対にいらないけど」

手を繋いだまま、小さな声で感想を言いあう。

美術の授業で書かされる作文なんかとは違って、自由に思ったことを口にするだけだから気楽なものだ。

展示されてる絵はそれほど多くはなかったが、いろんな画家の作品が集められていた。

「このマグリットって人の絵、なんで透けてるんだ？　べつに怖いわけじゃないのに見てると、不安な気持ちになるな」

「そう？　わたしは結構、好きかも。懐かしい感じがする」

「これ、面白いな」

「ダリの作品だね」

「あ、知ってる。変なひげの画家だよな」

「近くで見ると、ものすごく緻密《ちみつ》な絵で、画力が高いのがわかるね」

「こっちはピカソか。ぐにゃぐにゃして、気持ち悪いな」

「わたしも、この絵はちょっと苦手」

さんざん、勝手なことを言いながら、おれたちは絵を見てまわった。

専門的な知識もないし、芸術のことはよくわからないので、好きか嫌いかくらいしか言えないが、森さんの好みがわかるのは嬉《うれ》しい。

途中、胸もあらわな裸の女の人が描かれている絵があったりして、ちょっとどぎまぎした。そこだけ素早く通り過ぎるのも、変に意識してるみたいで……。

何食わぬ顔で鑑賞してたけど、手が汗ばんでしまったかも。

気づかれてないといいんだけど。

だが、しばらく行くと、もっと気まずいものがあった。

男のヌード彫刻だ。隆々とした筋肉はまあいいとしても、丸出しだぞ。芸術だからOKなのか？　それってありなのか？　などと思いながら、足早に順路を進む。

一通り見学すると、休憩コーナーがあった。自動販売機があって、ソファが並んでいる。

そこで飲み物を買って、少し休むことにした。

休憩コーナーはガラス張りになっていて、広々とした庭が見える。外は晴天で暑そうだが、ここはクーラーが効いてるし、ソファも柔らかくて、座り心地がいい。

おれたちは缶ジュースを飲みながら、ほっと息をついた。

「自分で誘っといて何だけど、実は退屈だったらどうしようって思ってたんだ」

前に両親に連れられて美術館に行ったときには、そんなに面白いとは思わなかったのだ。

「でも、結構、楽しめたな。森さんは？」

「うん。楽しかった」

「よかった」

森さんと一緒だと何だって楽しい……ってことなんだよな。

我ながら単純ではあるが。

青い空をぼんやりとながめていると、ソファに置いていたおれの手に、森さんの手が重なった。

え……？　森さんのほうを見ると、照れたみたいに顔が赤くなっていた。偶然じゃない。森さんが自分から、手を重ねてきたんだ。

どうしよう。嬉しすぎる……。

片手に感じる体温で、おれは溶けてしまいそうなくらい幸せな気持ちになった。

Scene 14

「図書館で勉強してくるから」

そう言い残して、わたしは家を出た。

嘘はついていない。

去年も夏休みにはよく図書館に行っていたから、不審に思われることはないはずだ。

ただ、去年と違うのは、これからひとりで勉強するわけではないということ。

図書館で古賀くんと会う約束になっている。

けれども、そんなことを母親に知られるわけにはいかない。母親はわたしの幸せを喜ばないだろう。彼氏ができたなんて知れば、どんなケチをつけてくることか。

古賀くんは、わたしの心の聖域。

誰にも踏みこまれたくない、決して。

外に出ると、深く息を吐いた。

あの家は、本当に息がつまる。

黒くて禍々《まがまが》しい毒気が渦巻いているようだ。

顔をあげて、両腕を伸ばす。

青空に、真っ白な入道雲。

いい天気だ。絶好のデート日和。

早く、古賀くんに会いたいな。

沈んでいた心が浮き立ってくる。

わたしは自然と早足になっていた。

＊＊＊

図書館に着くと、学習室に行く前にトイレに寄って、鏡の前で自分の姿を確認した。

暑いから今日は髪をポニーテールにしている。服はいつもと変わらない。ジーンズにTシャツ。図書館はクーラーが効いているから、羽織るものも持って来た。

もっと、お洒落《しゃれ》をしたほうがいいのかな。

そんなことを考えたりもするけれど、なんだか照れくさくて無難な服装を選んでしまう。可愛らしい服装を着ることに抵抗感があるのは、媚《こ》びているような気がするからだろう。

それに、急に着飾って出かけるようになったら、母親に勘付かれる危険性がある。わたしはせめて前髪を整え、くちびるが荒れないようにリップクリームを塗っておいた。

誰かに気に入られたいなんて、これまで思わなかった。他人なんて関係ない。何と思われようと、どうでもよかった。

けれども、今は、古賀くんに好かれていたいと願っている。

少しでも可愛いと思われたい。

自分の中に、こんな心があったなんて驚きだ。

学習室には古賀くんはまだ来ていなかった。

わたしは窓際の席に座って、本を広げる。

小学生くらいの子の姿も多く、図書館はいつもよりにぎやかだった。

「おはよ、森さん。何、読んでるの？」

少しすると、古賀くんがやって来た。

わたしの恋人。

その姿を見るだけで、嬉しくなってしまう。

「読書感想文を書こうと思って」

わたしは本の表紙を見せた。読んでいたのは、太宰治《だざいおさむ》の『斜陽』だ。夏目《なつめ》漱石《そうせき》、太宰治、三島由紀夫《みしまゆきお》のどれかの作品を読んで感想文を書くという宿題が現国で出ており、わたしは太宰を選んだ。

「太宰かあ。面白い？」

「うん。共感できるし、感想文も書きやすそう」

「そろそろ、おれも感想文やらなきゃ。苦手なんだよな、読書感想文って」

「古賀くんは何で書くつもり？」

「実はまだ決めてない。何にしよう」

「太宰なら『走れメロス』なんかが暗くなくていいんじゃない？　あとは、漱石の『坊っちゃん』とか」

古賀くんの性格では、太宰のほかの作品は読んでも感情移入しにくい気がする。

「ああ、メロスは知ってる。友達を助けるために走るやつだろ。よし、メロスで書こう」

古賀くんはさっそく、本棚から『走れメロス』を探し出してきた。

わたしたちは向かいあって座り、読書をする。

すぐそばに古賀くんがいる。

手が届く距離。

お互いに黙って本を読んでいるだけだというのに、わたしは満たされた気分になる。

「名作だけあって、いい話だよな。メロスもセリヌンティウスも、一度だけ疑いを持つところがリアルっていうか、そんだけ人を信じるのって難しいってことで……」

本を読み終わった古賀くんは、ノートを広げて、下書きを始めた。

「メロスみたいに友達の信頼を裏切らないような生き方をしたいと思いました、と……」

古賀くんは優等生ぶって模範的解答を書いているわけではなく、本心からメロスの行動に対してそう思っているようだった。

わたしが書けば「偽善」や「絵空事」や「ご都合主義」などという言葉を使いたくなるだろう。

改めて、古賀くんは心のまっすぐな子だな、と思う。

わたしのように、ひねくれていない。

「図書館デートってのも、いいな。森さんに会えて、しかも宿題まで片づくとはお得な感じだ」

にこにこと笑って、古賀くんは言う。

「おれ、ひとりで勉強するのって好きじゃないんだ。受験のときも勇太に勉強みてもらってたし。高校に受かったのは勇太のおかげって気がする」

笹川勇太くん。わたしと同じクラスの眼鏡をかけたおとなしそうな男の子だ。話をしたことはないけれど、古賀くんと一緒にお昼を食べているのを見かけたことがあり、記憶に残っていた。

「わたしでよければ、いつでも教えてあげるよ」

「おれ、森さんとつきあってると、どんどん頭良くなっていきそうだな」

彼は幸せそうな顔で、わたしを見つめた。

そのまなざしは、どこまでも優しい。

古賀くんといると、自分がとても大切に思われていることが伝わってくる。

こんな安心感をくれる人は、ほかにいない。

彼は、わたしのことを好きだと言ってくれる。

わたしは、その言葉に疑いを持たない。

メロスは自分の身代わりとして、無二の友人であるセリヌンティウスを人質として残す。もし、メロスが帰って来なければ処刑されると知りながら、セリヌンティウスは無言でうなずく。

以前は、そのやりとりを冷ややかな気持ちで読んでいた。でも、今は違う。

わたしも古賀くんのためなら人質になるだろう。

心から素直に、そう思えた。

「わたしは、古賀くんとつきあってると、どんどん良い人になれそうだな」

そうつぶやいたとき、古賀くんの鞄《かばん》から携帯電話の着信音が響いた。

「あ、ちょっと、ごめん」

彼は携帯電話を出して、メールをチェックする。

「森さん。これから、時間ある？」

時計を見ると、まだ三時前だ。

「うん、夜ご飯の時間までは大丈夫」

「じゃあさ、うちに来ない？　母親がシュークリーム作ったんだけど、大量にできたから、彼女も連れておいでって」

「それって、お母さんにお会いするってこと？」

「まあ、そうなる。でも、気楽な感じでいいよ。もちろん、嫌だったら断ってくれてもいいし」

急な話で、心の準備はできていなかった。

けれども、古賀くんのお母さんに会ってみたくて、わたしはお呼ばれすることにした。

＊＊

古賀くんのお母さんは、若々しくて気さくな人だった。笑顔が素敵で、古賀くんによく似ている。

「いらっしゃい。会えて嬉《うれ》しいわ」

「お招きいただきありがとうございます」

「そんなにかしこまらないで。今、紅茶を淹《い》れるわね。このシュークリーム、有名なパティシエに取材に行ったときに教えてもらったの。クッキー生地を使うところが秘《ひ》訣《けつ》なのよ。食べて、食べて」

わたしは緊張しながら、席に着く。

予想外のことに、食卓には古賀くんのお父さんの姿もあった。

「なんで、父さんまでいるんだよ」

「君の彼女さんが来ると聞いて、ぜひ会いたいと思ってね。いやあ、可愛らしい人じゃないか。森さん、不肖の息子だがよろしく頼むよ」

にっこりと微笑みかけられ、こくりとうなずく。

ジャズピアニストというだけあって、すごくダンディでかっこいい人だった。わたしの父親とは比べることすらできない。

甘い匂いが漂う中、おいしいシュークリームと紅茶をいただいていると、古賀くんのお母さんが分厚いアルバムを持って来た。

「これ、見る？　龍樹の小さい頃の写真」

「なんでそんなもの、出して来るんだよ！」

古賀くんはあわてて立ちあがった。

「いいじゃない。ねえ、せつなちゃん」

「はい、見たいです」

アルバムをめくると、丸々とした赤ちゃんの写真があった。ミニチュアの古賀くん。幼いけれど、目元に今の面影がある。

「わあ、可愛い」

「いいよ、そんなの見なくてもー」

古賀くんは照れたようにそっぽを向く。

わたしは夢中でアルバムを見つめた。ご両親は、古賀くんが小さいときのエピソードを面白おかしく話してくれた。

赤ちゃんから、成長して、幼稚園に入って、小学生になって、中学生になって……。ずっと、愛されて、大切にされて育ってきたのだなあ、ということが伝わってくる。

「せつなちゃん、お夕飯も食べていく？」

気づくと、もう夕方だった。楽しくて、あっというまに時間が過ぎていた。

「いいえ。すみません。門限があるので……」

「じゃ、おれ、駅まで送るよ」

帰るときには、古賀くんの両親はそろって玄関まで来て、手を振って見送ってくれた。

「遠慮せずに、また遊びに来てね」

「はい。お邪魔しました」

居心地のいい空間だ。

穏やかであたたかい家庭。

「うちの親、変だろ。いきなり呼んでごめんな」

そう言いつつも、古賀くんが自分の両親に対して敬愛の情を抱いていることは明白だった。

「そんなことないよ。素敵だな、って思った」

わたしなら、絶対に両親を古賀くんに会わせたいとは思わない。

外はまだ明るかった。

わたしは目を細める。

西日がまぶしすぎて。

その途端、暗澹《あんたん》たる気持ちに襲われた。

思い知らされたのだ。

古賀くんの家は、わたしとは全然違う。

これから帰らねばならない。あの家に。

光が強いほど、影は濃く見えるという。

今のわたしの心境も、まさにそうだろう。

「どうかした？」

心配そうな顔で、古賀くんがこちらを見る。

「ううん、何でもない」

わたしは首を振り、彼の手をぎゅっと握った。

彼には、わたしの孤独はわからない。

そのことに気づいてしまった。

古賀くんはわたしのことを好きと言ってくれて、こんなにもそばにいて幸せなはずなのに。

わたしは深い穴に落ちていくような気分だった。

Scene 15

森さんとつきあいはじめて、一か月以上過ぎた。

映画デート。

美術館デート。

図書館デート。

家デート。

ふたりでいろんなところに行った。

森さんが家に遊びに来てからというもの、母さんはすっかり気に入ったらしく、何度も「また、せつなちゃんを遊びに連れて来なさいよ」なんて言う。

父さんからは「男としての責任」について、釘《くぎ》を刺されてしまった。ちゃんと神妙な顔して聞いておいたけど、実はそんな心配はないんだよな。

そもそも、キスすらまだなんだから……。

そう、それが問題なのだ。

初めてのキス。

今、おれの前に立ちふさがっているハードル。

森さんと、キスしたい。

でも、いつ、どこで、どんなタイミングで、どうやってやればいいのか……。

初めてのキスは絶対に失敗したくなくて、そう思うとますます緊張して、踏み出せなくなってしまう。

第一、森さんの気持ちもある。もしかしたら、森さんはまだ早いって思ってるかもしれないのだ。でも、本人に「キスしてもいい？」とか聞いたら、こっちがキスしたがってるのバレバレだし。

つきあって一か月。デートはもう十回以上。

世間一般的には、そろそろいいんじゃないかという時期だと思うけど、どうなんだろう。

そういや、おれのまわりって、つきあってるやつ、あんまりいないんだよな。サッカー部の先輩には、彼女持ちが何人かいたはずだけど、個人的な話をするほどは親しくない。

さすがに親に相談するわけにもいかないし……。

うちの両親の場合、もし、そんな話題を持ちかけようものなら、自分たちの体験談つきで熱心に相談にのってくれるであろうから、困ったものだ。

母さんなんか、嬉々《きき》として「啓輔さんとの初めてのキスは忘れられないわ。あれはニューヨークにいた頃で、ちょうどクリスマスだったのよね。私はヤドリギの下にいて、演奏している啓輔さんを見つめていたのよ。啓輔さんが弾いていた曲は『FLY ME TO THE MOON』だったわ。そうして、演奏を終えた後、彼は私のほうに近づいてきて、そっとくちびるを寄せたの。Darling, kiss me!」とか語ってくれるだろうけど、両親が初めてキスしたときのディテールなんて、知りたくないし。勘弁してくれって感じなのだが、何度も聞かされてるんだよな。そもそも、ヤドリギってなんだよ。そんな風習、日本じゃ全然広まってないし、まったく参考にならないって……。

それはともかく。

森さんとのキス。

どうしたものか。

もうすぐ夏休みも終わる。その前に、チャンスがあれば……とか甘い想像をふくらませてみたりしているのだが。

ちなみに、今日は部活が休みだから、森さんを誘ったんだけど、家の用事で断られてしまったのである。

ひとりで家にいても、つまらない。

久々に、勇太とでも遊ぶかな。

最近、会ってなかったし。

勇太もつきあったことはないけど、恋愛についてくわしいから、いいアドバイスをくれるかも。

そう思って、おれは勇太に「今日ひま？　遊ぼうぜ」というメールを送った。

＊＊＊

勇太はすぐに家に来た。

妙に重そうなリュックサックを背負ってる。

「何、入ってるんだ？」

のぞきこむと、リュックの中身はノートや問題集だった。

「夏休みの宿題」

さも当然という口調で、勇太は言う。

「え、なんで？」

「なんでって、てっきり、宿題が終わらなくて、泣きついてきたんだと……」

そういえば、今までは毎年のように、夏休みの終わりぎりぎりに勇太に宿題を手伝ってもらっていたのだった。

でも、今年のおれはひと味違う。

「そうじゃないって。気づかいはありがたいが、その心配は無用だ。だって、おれ、すでに宿題はほとんど終わらせてるから」

「まじで？」

勇太は、信じられないという顔をする。

「もちろん。早いうちに、森さんと一緒にすませちまったんだ」

勇太はさらに驚きに目を見開く。

「森さんって……、まさか……」

「そう、つきあっているのだ」

指でVサインを作って、勇太に伝える。

「えええっ、そうだったのか。なんだよ！　早く教えろよな。いつからなんだ？」

「一学期の終わりくらい」

「そんなに前から？　なんで黙ってたんだよ。ぼくだって協力したんだから、報告くらいあってしかるべきだろ」

「うん、それは悪かった。ごめん」

手を合わせたが、勇太は口をとがらせている。

「まあ、彼女のことで頭がいっぱいで、ぼくのことなんてすっかり忘却の彼方《かなた》だったんだろうけど。そんなもんだよな、友情なんて」

「いや、だから悪かったって」

確かに彼女ができて舞いあがって、友情をないがしろにしたことは事実なので、非難されても仕方ない。

勇太はひとしきり文句を言うと、ショックから立ち直ったみたいで、

「しかし、森せつなとうまくいくとはなあ」

と、しみじみとつぶやいた。

「でも、まあ、よかったよな。おめでとう！　いいなあ、こんちくしょう」

なんか最後におかしな言葉が混じっていたが、それは聞き流すとして、勇太は自分のことみたいに喜んでくれた。

「遅くなったけど、勇太にはほんと、感謝してるから。勇太が映画に誘えって言ってくれたおかげで、仲良くなれたようなもんだし」

「それで、順調なのか？　って、その幸せそうな顔を見れば、聞く必要もないか」

おれを見て、勇太は軽く肩をすくめた。

「もともと、龍樹って明るいやつだけど、今はまさに人生バラ色って顔してるもんな」

「冷やかすなって。いちおう、うまくはいってるけど、いろいろ悩んだりもするし」

「悩み？」

聞き返した勇太に、おれはもごもごと答える。

「うん。ほら、なんつーか、そろそろ、つきあって一か月だし、キスくらいしてもいいかなあとか思うんだけど、どういうシチュエーションがいいかとか……」

「はあっ？　それって悩みっていうより、のろけにしか聞こえませんが？」

勇太はあきれたような声を出す。

「いや、こっちは真剣に頭を悩ませてるんだって。本人に言っちゃうとプレッシャーになりそうだから、こう、自然な感じがいいんだけど、なかなか難しくて」

「そういうのを贅沢《ぜいたく》な悩みって言うんだよな」

冷たい目を向けつつも、勇太は一緒に考えてくれた。

「女子が憧《あこが》れる初めてのキスってのは、ロマンチックなムード作りが重要だ。綺麗《きれい》な夜景を見ながらとかがいいらしい」

「夜景かあ。でも、夜景の名所って車がないと行けなかったりするよな」

「ビルの最上階の高級レストランとかいう手もあるが、そういうとこって高校生は無理だもんな。あ、そうだ、花火大会はどうだ？」

勇太がぽんっと手を打った。

「花火なら女の子も喜ぶだろうし、適度に暗くて雰囲気もばっちりだ。うん」

勇太は自分の思いつきに目を輝かせている。

「ひょっとしたら、彼女、浴衣とか着てくるかもしれないぞ」

浴衣……。

森さんは色が白いし、浴衣とか似合いそうだ。

頭の中にぽわわんと思い浮かべ、にやけてしまいそうになる。

「いいな、それ！」

おれは思わず、身を乗り出した。

「よし、夏の終わりの花火デートだ！」

「ああ、ミッションの成功を祈っている」

そんな会話をしていると、玄関ドアの開く音がした。

どうやら、母さんが仕事から帰って来たようだ。

「あら、勇太くん、お久しぶり」

「こんばんは。お邪魔してます」

勇太はわざわざ玄関まで顔を見せて、礼儀正しく挨拶《あいさつ》をする。

昔から、勇太は「いい子」で、大人に受けがいい。母さんも勇太をかわいがっていて、小さい頃はよく泊まったりもしたから、兄弟みたいな感じだ。

「勇太くん、お夕飯も食べていく？　今日は肉じゃがなのよ」

「あ、すみません。今日は帰らないと……。母の具合があまり良くなくて……」

申し訳なさそうに勇太は答えた。

勇太のお母さんは体が弱いのだ。調子が悪いときには、勇太が料理をしたりしているんだから、えらいと思う。

「そう、大変ねえ。何か、力になれそうなことがあったら言ってね」

「はい、ありがとうございます」

そう言って、勇太は帰り支度をした。

おれもマンションの下までおりて、自転車置き場まで勇太を見送る。

「おばさんの病気、良くないのか？」

あえて気にしないふりをしたほうがいいかと迷ったけど、聞いてみた。

「まあな。精神的なものが大きいみたいで、ストレスがかかるとひどくなるんだって」

なるべく軽い口調で言おうとしてるけど、その声はいつもと違っていた。

「でもさ、龍樹んとこのおばさんって、いつ見ても若くて美人だよな」

無理に明るい声を出して、勇太は話題を変える。

やっぱり、病気の話とかはしたくないのだろう。

「えー、そうか？　化粧と服でごまかしてるだけだって」

「明るいし、優しいし、いいよなあ」

羨《うらや》ましそうなその言い方は、おれに彼女ができたのを知ったときより切実な感じだった。

「まあ、それはともかく、花火デート、うまくいくといいな」

「おうよ。頑張るぜ」

うなずいてから、おれはたずねる。

「そういや、勇太のほうは気になる子とかいないのか？」

「ぼくはべつに。外見で可愛いなとか思う女子はいるけど、好きってほどじゃないし」

前に、勇太の好みのタイプは、明るくてちょっと気が強くて活発で学級委員をするような子だという話を聞いたことがあった。森さんとは全然違うタイプの女子だ。人の好みはいろいろである。

でも、むしろ、勇太と森さんはタイプが似てるかもしれない、と気づいた。

ふたりとも、おとなしい系っていうか……。

「いまいち、彼女が欲しいって願望もないし。つきあったりするのって面倒だろ」

言いながら、勇太は重そうなリュックを自転車の前かごに入れた。

おれのためにわざわざ持って来てくれた夏休みの宿題が入ったリュックだ。

「そっか。でも、もし、そういうことがあったら、遠慮なく相談してくれよ」

「ああ、わかった」

何となく、おれたちは目を合わせる。

友達っていいよな、と思った。

もちろん、森さんのことは特別で、最高に好きなんだけど、男の友達ってのもおれにとってかけがえのないものなんだと実感したのだった。

Scene 16

いつものように図書館で勉強をした帰り道、また古賀くんの家に寄ることになった。

「取材先の人からもらったメロンがあるから、森さんも呼んで一緒に食べたらって母さんが言ってて。でも、母さんは今日は仕事だから、父さんしかいないんだけど」

そのお誘いに、わたしは自分でも意外なほど、嬉《うれ》しくなってしまった。

再びお招きを受けたということは、認められた……というのは大げさでも、少なくとも、先日、初めて古賀くんのご両親にお会いしたときに悪印象は持たれなかったと考えていいだろう。

「呼んでもらえて、嬉しいな」

わたしは嬉しいと感じたので、その気持ちを口に出してみた。

古賀くんを見習って、自分の心情をなるべく素直に言葉にしようと思っているのだ。

でも、まだ照れてしまって、ぎこちないのが自分でもわかる。

以前は、自分のまわりに壁を作っていた。

誰も入れないように。外に出ないように。

それでいいと思っていた。

ひとりが好きだったし、さみしくもなかった。

でも今は、わたしはもっと彼に近寄りたくて、この壁をなくしたいと思っている。

わたしが「嬉しい」と言ったのを聞いて、古賀くんも嬉しそうに顔をほころばせた。

「ほんと？　よかった。うちの親、森さんのこと気に入ったみたいで、また連れて来いってうるさくて」

その笑顔を見て、胸がきゅんと締めつけられた。

ああ、わたし、この男の子のことが好きなんだなあ……としみじみ実感する。

甘い胸の痛み。

鎖骨の下のあたりが、切ないほど痛くなる。

こんな感覚、今まで知らなかった。

苦しいのに、心地いい。

不思議だ。

わたしの心と、体。

自分ではコントロールできない。

心というものは脳が司《つかさど》っているらしいけれど、感覚的には胸の部分にあるような気がする。

どうしよう、胸の疼《うず》きが止まらない。

なんだか急に、彼の笑顔をまぶしく感じて、わたしはうつむいてしまった。

＊＊＊

古賀くんに案内されて、彼の住んでいるマンションの前までやって来た。

瀟洒《しょうしゃ》な外観の高級そうなマンション。天井の高い広々としたエントランスを通って、エレベーターで最上階まで行く。

玄関のドアを開けると、途端に音楽が流れ出してきた。

透明感のある綺麗《きれい》なピアノ曲。

思わず、動きを止めて、目も閉じて、聴き入ってしまう。

すごい……。

圧倒的な才能だ。

音がどこまでも広がっていく。

柔らかで、奔放で、果てしなくて……。

突然、音がやんだ。

「お帰り。やあ、いらっしゃい、森さん」

廊下の向こうから、古賀くんのお父さんが顔を出した。

相変わらず、かっこいい男の人だ。

実際、わたしの父親よりも年齢が若いのだろうけれど、それだけじゃなく、人としての輝きのようなものが違う気がする。

「お邪魔します。あの、素敵な演奏でした」

「ありがとう。今度、龍樹と一緒に、うちの店にもおいで。……って、今、高校生の女の子を夜遊びに誘っちゃまずいか」

古賀くんのお父さんは笑いながら言った。

「まあ、適当にくつろいで。今、メロンを切ってあげよう」

わたしはこの間と同じ椅子に腰かけた。

古賀くんのお父さんは、慣れた手つきで包丁を使ってメロンを切り分ける。

男の人が自然な様子で台所に立っているその姿に、わたしは衝撃とも言えるほどの感動をおぼえた。

わたしの父親は、台所仕事なんて「女のやること」だとして見下しているから、あんなふうに器用に包丁を使うことはできないし、お皿やスプーンのある場所すら知らないだろう。そんな父親のことをわたしは心底、軽蔑《けいべつ》している。

「さあ、召し上がれ」

メロンはただ六等分されていただけではなく、食べやすいように皮と実の部分にも包丁が入れられ、一口サイズにカットされていた。

すごすぎる……。

「いただきます」

瑞々《みずみず》しい果汁を味わいながら、わたしはただただ、人間の多様性というものに驚いていた。

いろいろな人がいる。

それなのに、どうして、わたしの父親は……。

親は選べない。

その理不尽な現実を突きつけられ、メロンはこんなに甘いというのに、胸には苦い気持ちが広がる。

古賀くんのお父さんはべつの部屋に行って、シックな黒いスーツに着替えてきた。

「父さん、もう出かけるの？」

「ああ、続きは店で弾くよ。龍樹、あまり遅くならないうちに、お送りするんだぞ。それじゃ、森さん、また」

言い残して、軽やかに去っていく。

その後ろ姿を見ながら、わたしは感嘆の溜息《ためいき》を漏らした。

「古賀くんのお父さんって、かっこいいよね」

同じ「父親」という存在でも、こんなに違いがあるなんて信じられない。

「えー、そうかなあ？　まあ、仕事柄、見た目も大切っていうか、普通の人より服とかこだわってるみたいだけど」

でも、本当のかっこよさというものは、服装なんかの問題じゃないのだと思う。

「外見だけじゃなく、お仕事も素敵だし」

仕事に向かう古賀くんのお父さんの表情は、とても楽しそうだった。自分の好きなピアノを仕事にしていて、誇りを持っているのだろう。その点も、わたしの父親とは違うところだ。

わたしの父親にとっての仕事とは、給料や地位や名誉や世間体のために我慢をして、不機嫌になって帰って来るものだ。そして、金を稼ぐことが偉いと思っていて、養っているのだから家族に八つ当たりをしても当然だと思っている。

本当に、どうしようもない父親だ……。

「でも、昔は父さんの仕事のこととか、イヤだって思ってたな」

遠くを見るような目で、古賀くんはぽつりと言った。

「そうなの？」

「うん。小さい頃って、ほかと違うのが、恥ずかしいって気がしたんだ。みんなと同じがいいって思って。普通の『お父さん』は、毎朝、背広とか着て、会社に行くだろ。でも、うちは母さんが会社に行って、父さんが幼稚園に迎えに来て、それがイヤで登園拒否したこともあった」

今では笑い話という感じで、古賀くんは語る。

「父さんの仕事は夜が多いから、昼間は家にいることが多くて、小学校のときとかも遊びに来た友達に変な顔されたし」

信じられない。

わたしから見ると、これ以上ないほどに恵まれていると思うのに、それでも不満を感じていたなんて。

わたしの父親は、めったに家にいることがない。

平日は遅くまで仕事か浮気相手のところに行っており、休日も接待という名目で浮気相手のところに行っているのだろう。

父親が家にいても気づまりなだけなので、そのことに不満はない。むしろ、怒鳴り散らすくらいなら、家に帰って来てほしくない。

わたしの父親は……。

わたしの父親は……。

声に出してみようとする。

でも、言えなかった。

自分の思っていることを素直に口に出そうと決めたはずだった。

古賀くんに自分のことを何でも話したいと、心から願っているのだ。

それなのに、言えない。

喉《のど》の奥に塊がつまったみたいになって、重苦しくて、言葉を吐き出すことができない。

伝えたいのに……。

「そうだ。森さん、花火大会に行かない？」

メロンを食べ終えて、古賀くんは言った。

「花火大会？」

「うん。今度の土曜に河川敷でやるやつ」

「夜だよね。遅い時間に出かけるのは……」

「あ、そっか、門限があるのか」

期待に満ちていた古賀くんの顔が、瞬く間に、しょんぼりとした表情に変わる。

「ごめんね。わたしも、古賀くんと花火、見たいけれど……」

でも、恋人ができたことを親に知られるわけにはいかないから、夜に外出なんてできない。

そのとき、インターフォンが鳴った。

「誰だろ？　ちょっと待ってて」

古賀くんは立ちあがって、玄関へと向かう。少しして、古賀くんと誰かの会話が聞こえてきた。

「どうしたんだ、それ！」

「ちょっと、親ともめちゃって……」

古賀くんと一緒に玄関のほうから現れたのは、同じクラスの笹川勇太くんだった。

彼の姿は、教室で見るのとは違っていた。

眼鏡がゆがみ、目のまわりが赤紫に変色して、見るからに痛そうに腫《は》れている。

「本当に大丈夫なのか？　病院とか行かなくていいか？」

「うん。冷やしておけば、すぐ治ると思うし」

そこで、笹川くんはわたしの存在に気づいた。

「あ……」

笹川くんの目が、驚きに見開かれる。

「ごめん、龍樹。邪魔して」

いたたまれない。

親しくもない相手に、今みたいな姿を見られたくないだろう。

「わたし、もう帰るところだから」

席を立って、入れ違いに玄関へと向かう。

「待って、駅まで……」

古賀くんが追いかけようとしたけれど、首を横に振った。

「いいよ。駅までの道もちゃんと覚えてるし」

古賀くんは「でも……」と言いつつ、気にするように笹川くんのほうを振り返って、心配げな表情を浮かべる。

「彼のほうが大変そうだから」

わたしがささやくと、古賀くんもうなずいた。

こういうとき、友情を大切にできる彼をわたしは好ましく思う。

わたしはひとり、駅への道を歩く。

すでに、夕闇は迫りつつあった。

笹川くんの顔……、尋常じゃない様子だった。

彼が「親ともめちゃって」と言ったのを聞いて、あの顔を見た瞬間、胸がすごく痛くなった。

とてつもなく、苦い痛み。

古賀くんのことを思うときに感じる甘酸っぱい痛みとは別物。

笹川勇太くん。

これまでは言葉も交わしたことのない男の子。

それなのに、わたしは彼に対して、胸の痛みを感じずにはいられなかった。

Scene 17

いつもなら、勇太は遊びに来る前にメールを送ってくる。でも、今日はいきなり来た。それだけ、せっぱつまっていたということなんだろう。

「ごめんな。せっかく、彼女が遊びに来てたっていうのに」

森さんが帰った後、勇太はそんなことを言った。

「いいって。それより、ほら」

おれは冷凍庫からアイスノンを取り出すと、タオルにくるんで勇太に渡す。

「ありがと、助かる」

勇太は言いながら、それを顔にあてた。

目のまわりが腫れて、あざもできている。

かなり、痛々しいよなあ……。

「何か飲むか？　牛乳くらいしかないけど」

牛乳をグラスに注いで、ふたりで飲む。

「で、親ともめたって、いったい、なんで喧嘩《けんか》したんだ？」

勇太がなかなか話し出さないので、こっちから聞いてみた。

「いや、なんていうか、きっかけはぼくがちゃんと物を片づけなかったとか、そういうくだらないことから、だんだん口論になって……」

牛乳を一口飲むと、勇太は話した。

「ぼくもむかついて、思わず『死ね！』とか言っちゃって、それで母さんがキレたんだ」

「えっ？　それ、おばさんが？」

てっきり父親との喧嘩だと思ったので、少しびっくりしてしまった。

「ちょうど、母さんは手に灰皿を持ってたから」

それで殴られた、ってわけか。

勇太のおばさんは細くて弱々しい感じの人なので、キレるというのが結びつかなくて、かなり意外な気がした。

「ほら、うちの母親って病気のこととかもあって、精神的に不安定なところがあるから。いつもなら、すぐ落ち着くんだけど、今日はちょっとひどくてさ。そんで、家を出てきたんだけど……。だって、父親ならまだしも、母親相手にやり返すわけにもいかないだろ」

勇太は笑おうとして、痛そうに顔をしかめた。

その気持ちはわかる気がした。

おれがもし殴られたとしても、父さん相手ならやり返すかもしれないけど、母さんには手はあげられないと思う。

というか、うちの両親はめったに怒るということがないから、派手な親子喧嘩というのが想像つかない。

さすがに小さい頃は、悪いことをしたときには口できつく叱られたり、廊下のすみに立たされたりしたが、叩《たた》かれるということはなかった。

だいたい、人を叩いたりしてはいけませんと教えられてきたのに、その親が暴力をふるうなんて、どう考えてもおかしいだろう。

「まあ、今日はぼくが言っちゃいけない言葉を使ってしまったから、仕方ないんだよ」

勇太はそう言って、肩をすくめた。

「でも、怪我するくらい殴ったりするのは、どうかと思うけど……」

おれは小声でつぶやいたけど、それ以上は言えなかった。非難することは、勇太の親への悪口になってしまうかもしれないと思ったのだ。

たとえ、友達同士でも立ち入っちゃいけない部分というのはある。

「今日、泊まっていくか？」

おれが言うと、勇太はほっとしたような表情を見せた。

「できればそうしたい。少し距離をおいて、お互い頭を冷やしたほうがいいと思うから。いや、確かに今、アイスノンで冷やしてるけど、そういう意味じゃなく。って、誰がうまいこと言えと……」

勇太はひとりで言って、突っこみを入れる。

相変わらず、面白いやつだ。

「じゃ、勇太が来てるって、親にメールしとく」

おれはケータイで、母さんにメールを送った。それを見ながら、勇太はうつむいて言う。

「あのさ、この怪我だけど、自転車で事故っちゃったことにしてもらっていい？　おばさんとかには、あんま心配かけたくないし」

「ああ、わかった。……デザートに甘いものでも買って帰るからなんかリクエストあるかって、母さんが聞いてるけど」

母さんからの返事を読んで、勇太に聞く。

「いや、お構いなくって伝えて」

「遠慮すんなよ。あ、シューアイスは？　勇太、好きだろ。うん、シューアイスにしようぜ。おれも久々に食べたいし。ちなみに、今日の夕飯は父さんが作ったカレーだ」

返事を送ると、母さんからご飯を多めに炊いておくようにと命じられたので、用意する。

「龍樹のところはいいよな。仲良くて」

米をといでいると、勇太がぽつりと言った。

そういや、森さんも、おれの父さんのことをいいなって言っていた。

勇太に悪気はないんだろうけど、なぜか、ほんの少しだけ、むっとしてしまう。

べつに、親のことはおれとは関係ないと思うのに、そういうのを羨《うらや》ましがられても微妙だ。

「うちだって、もめるときはもめるぞ。ただ、うちはルールとして『感情が高ぶって大声を出したら、そこで口論はストップして、続きは次の日』って決めてるから、喧嘩っぽくならないけど」

「なるほどなあ。でも、かっとしてるときにそんなルールを守れるか？」

「まあ、おれが忘れてても、父さんか母さんのどっちかが冷静さを取り戻して、買い物とかに行ったりするから。で、一晩寝ると、どうでもよくなることが多いな」

「おじさんもおばさんも、人間ができてるよな」

「そうかあ？　面倒くさがりなだけだと思うけど。父さんなんか『つまらないことで怒ってエネルギーを無駄づかいしたくない』とか言ってるし」

「いや、なかなか言えないって、そういうこと」

感心したような口調で言って、勇太は考えこむ。

「ストレスの発散がうまいんだろうな」

「ああ、それはあるかも。父さんはピアノで激しい曲を弾くと腹が立ったことなんか吹き飛ぶみたいだし、母さんはパン作りとかでひたすら生地をこねると気分転換できるって言ってた」

「うちの両親にも聞かせてやりたいよ。うちはどっちも無趣味で、何を楽しみに生きてるんだろう……って感じだからなあ。で、ストレスがたまると、イライラして喧嘩になってしまうんだ」

勇太はうつむいて、つらそうな声でつぶやく。

「母さんも趣味とか楽しいこと見つけて、生き甲斐《がい》をもってくれたらいいんだけど」

そんなふうに言う勇太に、おれは何と声をかけていいか、わからなかった。

「ま、それはともかく、ゲームでもしようぜ」

おれに言えたのは、そんなことくらいだった。

「うん！　やろうやろう」

勇太は顔をあげて、目を輝かせた。

＊＊＊

自分の部屋でサッカーのゲームをしていると、勇太のケータイが鳴った。

「……うん、龍樹のところにいる。今日は泊めてもらうつもりで……。ううん、違うって。本当はそんなこと思ってないから。乱暴な言い方して、ごめんなさい……」

勇太は背を向けていたけど、話している内容は耳に入ってしまった。

「おばさんから？」

電話を切った勇太に、聞いてみる。

「そう。あのさ、ぼく、やっぱり泊まらないで帰ることにするよ。あ、カレーは食べていくけど」

「わかった。でも、本当に大丈夫なのか？　どうせなら、泊まっていけよ」

「ぼくもそうしたいけど、やっぱ、母さんのことが心配だから。ほら、病気のこともあるし……」

そう言って勇太は目をそらすと、コントローラーに手を伸ばして、ゲームを再開した。

「それはそうと、森せつなとはその後、どうなんだ？　うまくいってるんだよな？」

森さんの名前を出されたので、おれは思わずパスをミスってボールを取られてしまった。うっ、やられた。勇太って、リアルのサッカーは全然できないくせにゲームだと妙にうまいんだよな。

「おうよ。でも、花火デートは無理って言われた。家が厳しくて、門限とかあるらしい」

「そうなのか。彼女、お嬢様っぽいもんな」

「みたいだな。今時、めずらしいと思う。ケータイすら持ってなかったりするし」

ゲームの中では、勇太がシュートを打ってきたが、どうにか防いだ。ほっ、助かった。

あ、そうだ。さっき、森さんと次のデートの約束をするのを忘れた……。

ふと気づいて、おれは少し落ちこむ。

いつもは、別れ際に次のデートの場所や待ち合わせ時間を決めている。でも、今日はそれどころじゃなかったから、そんな話はできなかったのだ。

森さんはケータイを持っていないから、こういうとき連絡を取りにくい。自宅の番号も知らないし、そもそも電話をかけて本人以外が出たら困るし……。おれの番号は伝えてあるから、かけてきてくれたらいいけれど、森さんはあんまり電話とか好きじゃなさそうだからなあ。

あと一週間もしないうちに、夏休みは終わる。二学期が始まったら学校で会えるだろう。

花火大会も断られてしまったし、夏の最後の思い出作りはあきらめるしかないのか……。

でも、だからといって、勇太が来たことを迷惑だと思う気持ちはこれっぽっちもない。それどころか、勇太が困ったとき、まず、おれのところに来てくれたことを嬉《うれ》しく思っていた。

勇太のためにできることって、何だろう？

大変なときに支えになることができるのが、本当の友達だと思う。おれは、勇太にとって、そういう友達でありたいと思っている。でも、実際には他人の家のことなんて口出しできないし……。

そんなことを考えているうちに、母さんが帰って来た。

母さんは「自転車で転んだ」と言った勇太の顔を見て、ちょっとだけ何か言いたげな目をしたけど、深くは追及しなかった。

大盛りのカレーをばくばく食べているとき、勇太は楽しそうな笑顔を見せていた。

「おばさんが作ってくれたこのサラダ、すごくおいしいです」

「そう言ってもらえてよかったわ。たくさん食べてね」

母さんが作ったサラダというのは、トマトとチーズを切って交互に並べただけのものだが、勇太は嬉しそうに食べている。

「今度は休みの日にいらっしゃいね。自家製のナンを焼いてあげるわ」

「はい、楽しみです。前に作ってもらったパンもすごくおいしかったから、店で買ったパンとか食べても、おばさんのパンのほうが上手だとか思っちゃいましたよ」

おだてられて、母さんもすっかり上機嫌だ。

そして、夕食の後、おれは自転車置き場まで行って、勇太を見送った。

「今日はいきなり、ごめんな」

家に帰ろうとしている勇太の顔からは、さっきまでの明るい表情が消えていた。

「気にするなって言ってるだろ。もし、また、こういうことがあっても、遠慮なく来いよ」

それくらいしか、おれには言えないけど。

「おれは絶対に、いつでも勇太の味方だから」

このとき、おれは本当に、心の底からそう思っていた。

Scene 18

次の約束をしないで帰ってしまったから、古賀くんと会えないまま、二学期になってしまった。

古賀くんの携帯電話の番号は知っている。けれども、電話をかける勇気がなかった。相手の顔がわからない状態で話すというのは、とても緊張してしまう。ただでさえ他人との会話は苦手なのに、反応が見えない電話でなんてうまく話せるわけがない。

何度も彼の携帯電話の番号を見つめて、もうすっかり暗記してしまったのだが、結局、もうすぐ学校で会えるから……と思って、電話をかけることはあきらめたのだった。

彼女という立場であることを考えれば、もっと気軽に電話をしてもいいものなのかもしれない。むしろ、電話をするべきだろう。

おつきあい、というものは難しい。

こんなことくらいで、いちいち引っかかってしまう自分は、やはり、男女のつきあいというものに向いていない気がする……。

そんなことを考えながら、始業式のために体育館へ向かうと、古賀くんの姿を見つけた。

「森さん！　久しぶり」

わたしに気づいて、笑顔で駆け寄ってくる。

ああ、古賀くんだ。

わたしの彼氏。わたしの恋人。

その笑顔を見た途端、胸がきゅっと締めつけられて、同時にあたたかい気持ちが広がった。

実際には一週間も経っていないのだが、ずいぶんと会えなかったような気がする。

「あれから連絡できなかったから、気になってて。ケータイにかけてくれたらよかったのに」

「ごめんね。電話、苦手で……」

「まあ、いいけど。森さんが電話嫌いなのわかってたから、かけてくれるかどうか微妙だなって思ってたし。でも、ちょっとは期待してたけど」

古賀くんは残念そうな顔で、肩をすくめる。

ちくりと胸が痛んだ。少し罪悪感。

待ってくれていたなら、やはり、無理をしてでも、電話をかけるべきだったのに、わたしは……。

「今日、一緒に帰れる？」

気を取り直したように、古賀くんはたずねる。

「うん。大丈夫」

「じゃ、ちょっと寄り道して帰ろう」

微笑んで、彼は言う。

学校の中で会って、改めて、この人が自分の恋人なのだと思うと、不思議な感じがした。

夏休みはずっと私服だったから、制服姿の古賀くんに違和感があるせいかもしれない。

こうして彼氏と彼女という立場で学校で会うのには慣れていなくて、くすぐったい気持ちになる。

体育館にはたくさんの生徒が集まっていた。

でも、その中で、古賀くんだけ、特別なんだ。

「寄り道って、どこに？」

「うーん、べつに考えてないけど。適当にぶらついて、昼、一緒に食べよう」

「いいよ。何、食べる？」

古賀くんと話しながら、わたしはなぜか、周囲が気になった。

視線を感じるのだ。

ほかの生徒たちがちらちらとこちらを見ているような……。

自意識過剰だ。

気のせいだろう。

そう思ってみるのだが、明らかに数名の女子生徒たちが集まって、こちらをうかがっていた。

理由は何となく想像ができた。

わたしが古賀くんと親しげに話しているから。

今までわたしは学校ではほとんど口を利かない存在だった。それなのに、違うクラスの異性と打ち解けた様子で話しているなんて、彼女たちにとっては重大問題なのだと思う。

べつに、どうでもいいけれど。

他人から何と思われようと気にしない。

以前の自分なら、こんなとき、すぐに保健室へと逃げたくなったはずだ。他人からの注目に耐えられない。ひとりになりたい。

でも、今のわたしは保健室に避難することをそれほど求めてはいなかった。

大勢の生徒がいて、その中で息苦しさを感じていても、ただひとり、古賀くんだけはわたしを受け入れてくれる。

そう考えるだけで、ずいぶんと呼吸が楽になって、どんな場所でも平気でいられるのだ。

「じゃ、放課後、教室に迎えに行くから」

そう言い残して、古賀くんは自分のクラスの列へと向かった。わたしも一組の列へと並ぶ。

斜め前に、見覚えのある男の子の姿があった。

黒縁の眼鏡をかけた笹川勇太くん。

古賀くんの友達。

今はもう、顔のあざも消えている。

笹川くんもわたしに気づいたようで、わずかに照れ笑いのような表情を浮かべた。

彼の元気そうな様子を見て、わたしは心からほっとした。

＊＊＊

笹川くんのことが気になる。

もちろん、古賀くんに対する気持ちとはまったく違う種類の感情ではあるのだが。

恋愛感情ではない。

同情……だなんて言っては、彼に失礼だろう。しかし、似たような気持ちなのだと思う。

彼はあの日、自分の顔の怪我について「親ともめた」と説明していた。

つまり、彼も親との関係に問題を抱えているということだ。

とても気にかかる。彼の親はどんな人物なんだろう。

あの後、彼は結局、家に帰ったのだろうか。あんな怪我までさせられたのに、どんな気持ちで暮らしているのだろう……。

でも、立ち入った話なんて聞けるわけがない。

わたしは笹川くんに話しかけるということもなく、当然、向こうから話しかけてくるわけもなく、その後、彼がどうしたのかはわからない。

放課後、古賀くんは約束どおり、わたしを迎えに来た。教室を出ようとしたところ、またしても視線を感じた。同じクラスの女子たちがこちらを見ながらひそひそと話しているようだったが、直接、何かを言ってくるということはなかった。

本音を言えば目立ちたくないのだが、古賀くんとおつきあいをしていることは、なんら隠す必要があることではないはずなので、堂々とした態度でいようと思う。

わたしは古賀くんと並んで、駅へと向かった。

お昼は駅前のビルにあるファーストフード店で、ハンバーガーを食べることになった。

「そういえば、あの後……」

いろいろと話をしてから、わたしは何気ない口ぶりで、笹川くんのことについて聞いてみようとした。でも、個人的なことを聞くのはためらわれて、口から出たのはまったく違う言葉だった。

「花火大会には行ったの？」

そんなことを聞くつもりではなかったのに……。

「いや、行ってない。だって、森さんと一緒じゃなきゃ、行く意味ないし」

こういうことを平然と言えるあたり、古賀くんってすごいなあと思う。

じんわりと嬉《うれ》しくて、照れてしまった。

「来年は、一緒に行けたらいいね」

自分の口から出た言葉に、自分でも驚く。

来年か。その頃にも、わたしと古賀くんのおつきあいは続いているのだろうか。

「うん！　来年は絶対に行こう。約束な」

古賀くんは目を輝かせて、うなずいた。

彼は来年もわたしといることに、みじんも疑いを抱いていないようだ。

「そんなに花火が見たかったわけじゃなかったし、森さんが行かないならいいやって思ってたんだけど、うちの親は花火大会に行ってさ、去年よりもスケールアップしてたとか、最後の打ち上げがすごかったとか聞かされて、実はちょっと悔しかったんだ。ああ、今から来年が楽しみだ」

古賀くんが期待に満ちた表情で言うので、わたしは真剣に来年のことを考える。

夜、花火大会に行くためには、事前に周到な根回しをしておく必要があるだろう。その日の夜に出かけてもおかしくないような理由を作りあげて、両親にばれないよう念入りに下準備して……。

頭の中で策略をめぐらせながら、わたしはふと、古賀くんはこんなことをしなくてもいいんだよな……と思った。

彼の両親は理解があって、息子のことを信頼しているから、嘘をつく必要もないのだ。古賀くんはすでに自分の彼女……つまり、わたしのことを両親に紹介をしている。極めて、オープンなつきあいだ。

それに比べて、わたしは何ひとつ、自分のことを親に知られたくない。

もし、自分の両親が古賀くんのご両親のような人物だったら、わたしだって隠し事をしようとは思わないだろう。

どうして、わたしの親はあんな人たちなのか。

子供は親を選べない。ただ、運命として受け入れるだけ。あきらめて、見限って、早く家から出て行きたいと願っている。

こんな気持ち、古賀くんにはわからないのだろうな……。

わかってもらえないと思うからこそ、話そうという気持ちにもなれない。

「ふたりで花火デートだなんて、相変わらず、古賀くんのご両親は仲が良いね」

わたしは内心での苦悩を顔には出さず、会話を続けた。

「えー？　勇太も羨《うらや》ましがってたんだけど、実際、自分の親がラブラブだなんて、気恥ずかしいだけで、何にもいいことなんかないって！」

古賀くんは嫌そうに答えて、ダブルチーズバーガーにかじりつく。

笹川くんも……。

そうだろうなあ、と思う。

話してみたい。

笹川くんからいろいろな話を聞いてみたい。

おつきあいをしている相手がいながら、ほかの男の子に対してこんなふうに関心を持つことはよくないだろうという自覚はある。

けれども、どうしても気になるのだ。

「あ、森さん。動かないで」

突然、古賀くんはそう言うと、わたしの顔へと手を伸ばしてきた。

口の横に、そっと彼の指が触れる。

「ソース、ついてたから」

言いながら、古賀くんはぺろりと指をなめた。

「え、ほんと？　ありがとう」

わたしはあわてて紙ナプキンで口をぬぐう。

そして、急に、恥ずかしくなった。

古賀くん、なんて大胆な……。

でも、悪い気はしない。

彼に触れられることは、不快じゃない。

つくづく、わたしは彼のことが好きなのだなあ、と実感する。

わたしは古賀くんのことが好きで、彼もわたしのことを好いてくれている。

ふたりはこんなにも満ち足りた恋人同士だというのに、わたしの心には扉があって、その奥にあるものをまだ彼には見せていなかった……。

Scene 19

森さんと出会って、森さんのことを好きになって、つきあえたら最高に幸せだ、と思った。

そして、念願の恋人同士になって、デートしまくって、これ以上の幸せはないってくらいに毎日がハッピーで……。

でも、気になる。

たまに、森さんが悲しそうな顔をするのだ。

ほんの一瞬だけ、会話の途中とか、ちょっとしたときに、表情が暗くなる。

それが心に引っかかっていた。

おれはすごく幸せだけど、森さんは違うのだろうか。

ふたりが同じくらい幸せを感じていてほしいと思うんだけど……。

たぶん、おれが森さんのことを好きな気持ちのほうが、森さんがおれのことを好きな気持ちよりも多いと思う。そのことは、まあ、仕方ない。おれは、ちょっとでも好きって思ってもらえればそれでいいって考えていたわけだし。

なのに、なんだろう。このもやもや感は。

授業が終わって、おれは弁当を片手に一組の教室へと入っていった。

勇太の向こうに、森さんの姿を見つける。

森さんは窓側の席で、今日もひとりで座っていた。おれのことには気づいてないみたいだ。

勇太は「飲み物、買ってくるから」と言って、購買部に向かった。

おれは勇太の席に弁当を置くと、森さんのところへと近づいた。

となりに立っても、まだ気づかないみたいで、森さんはぼんやりと窓の外を見つめている。

こうやって、横顔を見るのは久しぶりだ。

一緒にいて話とかするときには、お互いに見つめあっていたりするので、森さんの横顔をながめる機会というのはあまりなかったりする。

横顔も、可愛い。

透明感があるというか、なんか、はかなげな感じで、こう、いいんだよなあ……とか思いながら、おれは声をかけた。

「森さん、元気？」

「あ、古賀くん。ごめん。気づかなくて」

途端に、森さんの顔に微笑みが浮かぶ。

どこか遠くを見ているような横顔もいいけど、やっぱり、おれのほうに笑いかけてくれる森さんは格別に素敵だ。

「何か、考えごと?」

「うん。大したことじゃないんだけどね」

それ以上、森さんは言わなかった。

話してほしいと思う。森さんのこと、何でも知りたい。どんなことでも、教えてほしい。

でも、秘密主義というか、森さんは自分のことを積極的に話すほうじゃないみたいだ。無理に聞きたがるのも、うざいと思われてしまうかもしれないので、おれもあえて立ち入ろうとはしないつもりだけど……。

「森さんは、昼、パン派?」

その「考えごと」について、森さんは何も話してくれなさそうなので、話題を変えてみた。

「そうだね、パンが多いかな。古賀くんはお弁当? お母さんが作っているの?」

「だいたいは。たまに、仕事帰りで徹夜明けの父さんが作ってくれるんだけど、白ご飯がぎゅうぎゅうに入ってて、おかずは肉と野菜の炒《いた》めたやつだけとか、かなり適当なんだよな」

「でも、それはそれでおいしそうだね」

「まあ、ボリュームはあるからいいんだけど」

そんな話をしながら、森さんはちょっと視線をおれの後ろのほうに向けていた。

「どうかした？」

聞きながら振り返ると、数人の女子が興味津々という様子でこっちを見ていた。

あー、まずいか。

おれ、森さんの迷惑、考えてなかったかも。

「噂とか気になる？　もし、森さんがつきあってること隠しておきたいなら、学校じゃ話しかけないように気をつけるけど」

ちょっと声をひそめて、聞いてみた。

中学のときなんかは、つきあってるやつは、そのことをできるだけ隠そうとしていた。からかわれたり、冷やかされたりするのが恥ずかしいからだろう。その気持ちはわからなくもない。おれはそういうのをあまり気にしないが。

おれと森さんがつきあってるのは事実で、誰に何と思われようと、まったく平気だし。

でも、そのせいで、森さんまで危うい立場になってしまうのは避けたい。

「ううん、それはべつにいいの」

森さんは軽く首を横に振った。

「……古賀くんのほうこそ、迷惑じゃない？」

「全然。むしろ、自慢したいし」

「自慢って……」

森さんはあきれたように絶句した後、赤くなった。

可愛いなあ。

やばい。おれの言語能力、明らかに低下してる。可愛いしか出てこない。

「ってのは冗談にしても、森さんが嫌じゃないならいいんだ」

つきあっているってことが公認になっていれば、森さんに手を出そうなんて輩《やから》もいないはず……という計算もあったりするのだが、さすがにそれは言えない。

そこに、勇太が戻ってきた。

「あ、えーと」

おれと森さんと、勇太。

三人の間に、ちょっと気まずい空気が流れる。

「そんじゃ、ぼくは遠慮するよ」

勇太はそう言って、背を向けようとした。

「え、でも、それは悪いから」

森さんがあわてて、立ちあがる。

「気にしないで、いつもどおり、ふたりで食べて」

「いや、ぼく、ひとりで食べてもいいし」

「でも、もともと、笹川くんが一緒に食べていたんだから、そんなのおかしいよ」

「いやいや、龍樹は森さんと食べたいだろうし」

森さんと勇太は、遠慮しあっている。

「じゃ、三人で食ったらいいんじゃね？」

おれの提案に、森さんと勇太が顔を見合わせる。

確かに、妙な取り合わせだ。

でも、今まで勇太と一緒に弁当を食べていたのに、彼女ができた途端に友達を切り捨てるようなこと、できるわけがない。

そんなわけで、おれたちは三人で昼食にすることとなった。

「そういや、森さんってホラー好きなんだよね？」

勇太が気を使って、話題を振る。

「スティーヴン・キングの作品だと何が好き？」

「そんなにたくさん読んでいるわけじゃないんだけど、『キャリー』とか、『シャイニング』とか、あと『ペット・セメタリー』とか。映画を見てから、原作も読んでみたら面白くて」

森さんが作品名をあげるが、おれにはさっぱりわからない。

「キングの『IT』も映像化されてなかった？　ぼく、あれのせいでピエロが苦手になった」

「うんうん、あのピエロ、トラウマになるよね」

「でも、ピエロの正体は、なんかビジュアルがチープで、がっかりだったな」

「あっ、そうそう、ラストに出てきたやつでしょ？　あれはちょっとどうかな……ってわたしも思った」

「ああいうのって、自分で想像してるほうが怖いっていうか、実際に見せちゃうと興ざめって気がするからなあ」

思っていた以上に、ふたりは会話が弾んでいるみたいだ。

……っていうか、おれだけついていけないよ……。

少し取り残されたような気持ちでいると、勇太がちらりとこちらを見て、意味深な笑みを浮かべた。

「ちなみに、龍樹に『森さんをホラー映画に誘え』ってアドバイスしたのはぼくだったりする」

「おいっ、そんなことばらすなよー」

いきなり、勇太が森さんとつきあう前のことを話そうとしたので、おれは全力で制止した。

「あのときは龍樹も必死だったからなあ」

「だから、やめろって言ってるだろ！」

森さんはくすくす笑っていた。

「でもまあ、結果的にうまくいってよかったよ。龍樹を末永くよろしく」

勇太は急に真面目な顔になると、話をまとめるかのように言って、ずれた眼鏡を指で押しあげた。

＊＊＊

放課後。今日は部活がなかったので、森さんと待ち合わせて帰ることにした。

校門を出たあたりで、そっと手を繫《つな》ぐ。

べつに冷やかされても気にしない……とか思ってたけど、制服を着たまま、学校帰りに手を繫ぐっていうのは、さすがにちょっと照れる。

「昼、勇太も一緒でよかった？」

念のため、もう一度、確認しておいた。

見た感じでは打ち解けて楽しそうに話をしていたみたいだったけど、森さんはおとなしいタイプというか、社交的なほうじゃないかなと思うので、少し心配になったのだ。

「うん。笹川くん、話しやすい人だし」

「そうか？　勇太も人見知りするほうなんだけどな。でも、話すと面白いやつだろ」

「そうだね。今まで一度も話したことなかったけど、趣味があう感じで、びっくりした」

「勇太は映画もよく見てるからな。あいつの部屋、すごいんだ。壁一面が本棚で、漫画とかフィギュアとかがずらりと並んでて」

森さんは興味深そうに勇太の話を聞いていた。

共通の友人、ってやつだもんな。

話題が増えたのはいいことだ。

「今度の土曜、どこ行こうか？　映画にする？」

駅に着いてから、次のデートの約束をしようとすると、森さんの表情が少し曇った。

「映画は無理かも」

「えっ、なんで？　土曜は都合悪い？」

「ううん。そうじゃなくて……」

森さんは言いにくそうに口を開く。

「夏休みにお金、使いすぎちゃったから」

そっか。森さん、バイトしてないもんな。

「なら、おれがおごるよ」

「それは嫌」

即座にきっぱりと断られ、おれはちょっとショックを受けた。

「つきあってるんだから、遠慮しなくていいって。おれはバイトしているし。だいたい、男のほうがおごるのって普通だろ」

「でも、嫌なの。そういうのは」

おれにしてみれば、休みの日にデートできないくらいなら、自分がおごってもいいから会いたいと思った。

でも、森さんにはそこまでの気持ちはないのだろうか。少し、不安になる。

「素直におごられたらいいのに」

思わず、ぼそっと言ってしまった。

すると、森さんの表情が険しくなった。

「そういうのって違うと思う。おごった後に、対価として何を要求するの？　わたしは、対等なつきあいがしたいのに」

口調は静かだけど、ものすごく声が冷たい。

むっとして、おれも言い返した。

「べつに、そんなつもりじゃないって！　ただ、おごるって言っただけじゃないか」

そうだ。下心なんかまったくなかった。

それなのに、そんなふうに受け取られてしまうのは悲しい。

険悪なムードの中、電車が来た。

「とにかく、悪いけど、今週は出かけられない」

怒ったようにそう言い捨てて、森さんは電車へと乗りこんでしまった。

これが、おれたちの初めての喧嘩《けんか》だった……。

Scene 20

土曜日。本当なら、今日は古賀くんと楽しいデートのはずだった。

でも、ひとり、落ちこんだ気分で、ベッドに寝転んでいる。

自業自得だ。わたしが言ったんだから。「今週は出かけられない」と。

あのときの古賀くんとのやりとり……。

もう何十回も、頭の中で繰り返している。

わたしが悪いのだろうか？

でも、古賀くんの言った言葉……。「素直におごられたらいいのに」という彼のつぶやきは、わたしには許せないものだった。

かっとなった。

自分でも戸惑ってしまうほど、強い怒り。

好きな人に対して、こんなにも腹を立てることがあるなんて、思いもしなかった。

好きなのに。

古賀くんのこと、ものすごく好きだけど。

だからといって、すべてを許せるわけじゃない。

彼の表情は「そんなことぐらいで、なんでこんなに怒るんだ？　理解できない」と語っていた。

そのことで、わたしはますます、激昂《げっこう》した。

古賀くんには、わからない。

わたしの気持ちを、わかってもらえない。

以前の自分は、最初からあきらめていた。

誰かに、わかってほしいなんて思わなかった。他人に何も期待していなかったから、怒りを感じることもなかった。

でも、今は違う。

古賀くんだけは特別。

好きだからこそ、こんなにも心が乱される。

彼に背を向けて、電車に飛び乗って、しばらくは頭に血がのぼっていた。一晩経つと、怒りは収まって、そのかわりに悲しみが広がった。

素直におごられる女の子がいいなら、そういう人とおつきあいをすればいいじゃない。

どうせ、わたしは素直じゃなくて、可愛くない。

そんなふうに思って、涙ぐんでしまう。

驚き、喜び、愛《いと》しさ、そして怒り、悲しみ……。

古賀くんと出会ってから、感情が怒濤《どとう》のように押し寄せる。

自分が自分じゃないみたいだ。

「頭……痛い……」

小さくつぶやいて、寝返りを打つ。

ズキズキと頭痛がしていたが、鎮痛剤を取りに行く気力もなかった。

下の部屋からは、両親が言い争っている声が響いてくる。

「だまれ！　おまえが生きていけるのは、誰が稼いでやった金のおかげだと思ってるんだ？　文句があるなら出て行け！」

出た。父親の決まり文句。

都合が悪くなると、すぐにこれを持ち出す。

本当に、出て行けばいいのに……。

こんなことを言われてまで、一緒にいる意味なんてないと思う。

しかし、母親は離婚はしないと言い張っている。離婚をしたら、父親は浮気相手と再婚するだろう。そうなれば、母親は自分ばかりが損をすると思っているのだ。

父親にとって、妻というのは「養ってやるかわりに家事や身のまわりの世話をして自分の言いなりになる人間」だ。そして、それは母親でなくてもいい。

離婚をしても父親にデメリットはない。むしろ、ほとんど家事を放棄している妻から解放されて、浮気相手とこっそり会う必要もなくなり、せいせいするのではないだろうか。

一方、母親はといえば、離婚をしても慰謝料はそんなにもらえないし、自分で働こうにも、手に職があるわけでもなく資格や経験もなくて、ずっと専業主婦だった自分が社会に出てやっていくのは難しいとわかっている。だから、意地でも離婚をするつもりはないのだ。

なんて不自由なんだろう、と思う。

わたしはそんな立場になるのは絶対にお断りだ。だから、自分の力で生きていけるようになりたい。

そう、だから……。

古賀くんの言い方が、引っかかった。

おごられたりしたら、借りができるみたいで、嫌だったのだ。お金を払うほうが優位に立つみたいで……。しかも、つきあっているなら、それが当然みたいな口ぶりで言われて……。

古賀くんがあんなふうに言うなんて、ショックだった。

父親のことがあるから、過剰に反応してしまったのだと思う。それは、自分でも自覚している。

でも、どうしても、我慢できなかったのだ。

対等な関係がいい。

好きだから、一緒にいる。

それはわたしが自分で望んだこと。

お金を支払ってもらう理由なんかない。

けれども……。

気まずい別れ方をした。

どんな顔をして、彼に会えばいいのだろう。

何もなかったかのように振る舞うほうがいい？

でも、ごまかすみたいで気が進まない。

うやむやにはしたくはない。

謝るべき？

でも、わたしは間違ったことは言っていない。

ひとりで悩んでいても、堂々巡りだ。

明日《あした》、両親がいないときに、思いきって電話してみようかな……とか考える。

古賀くんの携帯電話の番号は暗記している。

電話でもいいから……、声が聞きたい。

でも、怖い。

また、口論になってしまったら……？

そもそも、電話は苦手で、ただでさえ緊張してしまうというのに、こんな精神状態のときにうまく話せる自信なんかない。

どうすればいいのだろう……。

仲直りの仕方を知らない。

わたしのもっとも身近にいる人たちは、罵《のの》りあった後、関係を修復しないから。謝ったりしない。歩み寄ったりしない。

ずっと、憎んだまま。

いがみあったままで、日々は続いていく。

傷つけ方なら知っている。

相手に最大限のダメージを与えるような言動を取るお手本なら、うんざりするほど見てきた。

でも、好きな人を大切にする方法は、知らない。

そんなもの、見たことないから。

喧嘩《けんか》なんか、したくなかった。

両親みたいになりたくない……。

消えない頭痛と後悔で、最悪の週末だった。

＊＊＊

月曜日。古賀くんに会ったら、冷静に話をしようと決めていた。

良好な関係のために大切なのは、意思の疎通だ。

あのとき、わたしは感情が先走ってしまって、自分の考えをうまく伝えることができなかった。

両親のことを言葉にしようとすると苦しくて、喉《のど》がつまってしまう。けれども、どうにか話してみようと思った。

そう決意して、昼休みを迎えたのだ。

でも、古賀くんはなかなか現れなかった。

彼の姿を探していると、笹川くんと目が合う。

そう、この間から、三人でお昼を食べるようになったのだった。

「とりあえず、ここ、どうぞ」

そう言って、笹川くんは席を用意してくれた。

「龍樹、遅いな。ちょっと、見に行ってくるよ」

座って待っていると、笹川くんが帰って来た。

「龍樹、今日、休みだって」

「え……？　休み？」

予想外の言葉に、思わず聞き返す。

まさか、休みだなんて……。

あんなに悩んで、覚悟まで決めて、意気込んで来たのに、拍子抜けだ。

会えなくて、がっかり……。でも、心のすみに、少しだけ、ほっとした気持ちもある。

それから、わたしと笹川くんは、古賀くんのために空けてあった席を見て、同時につぶやいた。

「あ……」

「えっと……」

お互いに、黙りこむ。

このままでは、ふたりでお昼を食べることになると、気づいたのだ。それはおかしな感じだ。

わたしと笹川くんは、古賀くんを通じての知り合いなのに。その当の本人がいなくて、ふたりで食べるなんて……。

でも、元の席に戻るのも笹川くんに失礼な気がする。

「とりあえず、龍樹にメールしてみるか。森さんは、気にせず食べてて」

笹川くんは向かいの席に腰かけて、校内では禁止されているはずの携帯電話を取り出した。

しばらくすると、笹川くんの携帯電話にメールの返信があった。

「龍樹、風邪だってさ。もう、熱は下がって、かなりよくなってるっぽいけど」

そう説明して、急いで携帯電話をしまうと、笹川くんはお弁当を取り出した。

　わたしもその場で、パンを食べることにした。

「でも、龍樹が風邪なんてめずらしいよな。あいつ、小学校のときなんか皆勤賞だったし」

「そうなの？　確かに、いつも元気だもんね」

「ああ。何とかは風邪ひかないってやつだよな」

　話題は、自然と古賀くんのことになる。

「笹川くんは、古賀くんと小学校のときからの知り合いなの？」

「っていうか、幼稚園の頃からかな」

「へえ、すごい。長いよね」

　わたしには、そんなに長続きした関係はない。

「まあ、家も近いし。小さい頃はよく泊まりに行ったりもしてたから、兄弟みたいな感覚かも」

　そして、話題が古賀くんのおうちのことになったので、わたしは言ってみた。

「古賀くんの両親って、素敵だよね」

「ああ、おばさんは美人だし、おじさんもかっこいいし。ほんと、仲良くて羨《うらや》ましいよ」

　笹川くんはぽつりとつぶやく。その言葉にこめられた切実さに、わたしは胸が締めつけられた。

「わたしも、羨ましい。うちの両親は仲が悪くて、もめてばっかりだから」

するりと口から、正直な気持ちが出てきた。

古賀くんの前では、あんなに言えなかったのに。

「そういうのって、子供はしんどいよな。ぼくのところも、両親が不仲だから、すごくわかる」

共感。

それ以上は話さなかったけれど、言わなくてもわかるものが、ふたりの間に流れた。

わたしたちは、同じ痛みを知っている……。

沈黙の後、笹川くんは気まずそうに、すっと目をそらした。

そして、話題を変えようとする。

「あ、そうだ。帰り、龍樹のところに見舞いに行ってやろうかと思うんだけど、森さんもどう？」

その提案に、わたしの心は揺れた。

どうしよう……。

古賀くんに会いたい気持ちと、会うのを先に延ばしたい気持ちがある。

でも、風邪をひいているなんて……心配だ。

この際、口論のことは、とりあえず保留にしておいて、お見舞いに行こう。

そう決めて、わたしはうなずいた。

Scene 21

風邪なんて何年ぶりだろう……。

高い熱が出る風邪なんて久々だ。

これって、森さんを怒らせてしまった罰なんだろうか……。

熱は下がったものの、だるさが残って、まだぼんやりとしている頭で、おれはそんなことを考える。

でも、金曜日、森さんと一緒に下校してたときから、たぶん、体調が悪かったんだよな。ちょっとしんどくて、そのせいで余裕がなくて、あんなふうに喧嘩《けんか》になってしまったのだ。

デートできないって言われてショックを受けて、おごろうかって言ったら嫌がられて、ますます、どうしたらいいか、わからなくなってしまった。

普段だったら、むきにならずに流したと思うんだけど……。

森さんの怒った顔が、頭から離れない。

拒絶するような目……。

あんな目で見られるなんて……。

でも、そこまで腹を立てるようなことだろうか。

デートで男のほうが支払うのは普通だと思う。

だいたい、おごるって言ったのだって、本当に下心なんか全然なかった。

なのに、一方的に、おればかりが悪者みたいな目で見られて、どうしても納得できなかったのだ。

助けようと差し出した手を、邪険に振り払われたような気分。

正直、むっとした。

自分でも驚いたけど、むかついた。

森さんのこと、すごく好きなのに、あんなふうに、かちんと来るなんて……。

今でも思い出すと、釈然としない。

だけど、ものすごく後悔している。

なんで、喧嘩なんかになっちまったんだろう。

はあ、自己嫌悪だ……。

学校に行ったら真っ先に謝ろうと思っていた。

それなのに、風邪で休むことになるとは……。

ベッドに寝て、うだうだと考えていると、インターフォンが鳴った。

きっと、勇太だろう。

見舞いに行くというメールをもらった。

風邪もほとんど治ったみたいだし、ひとりでいてもつまらないことを延々と考えてしまうだけなので、勇太が来てくれるのはちょうどいい。

ふたりでゲームでもするか……と思いながら、玄関のドアを開ける。

「おーっす、龍樹！　見舞いに来てやったぞー」

脳天気な勇太の声。

そして、そのとなりを見て、おれは玄関のドアノブを持ったまま固まった。

「え、なんで……」

どうして、森さんがここにいるのか……。

メールにはそんなこと一言も書いてなかったぞ。

「じゃーん、サプライズお見舞いだ」

勇太が森さんを両手で示すようにして言う。

「プリンや桃の缶詰なんかより、よっぽど元気になるだろうと思って」

得意げに言った勇太の横で、森さんは驚いたような表情になった。

「わたしも一緒って、伝えてなかったの？」

おれじゃなく、勇太のほうを見て、たずねる。

「実はそうだったりする。メールでは黙ってたんだ。龍樹をびっくりさせてやろうと思って。はっはっはっ、作戦大成功」

「そんな……。てっきり、古賀くんも知っているものだとばかり……」

並んで立つ勇太と森さんは、なんだか、この間よりも親しげに見えた。

ふたりで一緒にここまで来た、ってことか。

そう考えて、口の中が妙に苦く感じる。

「あの、ごめんなさい。急にお邪魔して」

森さんはこちらを向くと、どこか他人行儀な口調で言った。

「具合はどう？　迷惑なようだったら、わたし、すぐに帰るから」

「いや、そんなこと……」

ない、と言うつもりだったのに、おれは言葉を飲みこんだ。

自分の姿に、はたと思い至ったのだ。

そうだ。おれ、今、すごくかっこ悪いはず……。

病みあがりで、パジャマなんか着てるし、寝癖もついてるし……。勇太だけだと思っていたから、顔すら洗ってなかった。最悪だ……。恥ずかしくて、森さんのほうをまともに見られない。
勇太のやつめ！
八つ当たりだとわかっていても、そう思わずにいられなかった。
「迷惑なわけないって。むしろ、邪魔者はぼく」
勇太はにやにや笑って、おれと森さんを見る。
「そういうわけで、邪魔者は退散するよ」
「えっ、笹川くん、帰っちゃうの？」
森さんが顔をあげて、勇太に言った。
帰っちゃう、か……。
ずいぶんと残念そうな言い方をするんだな。
少し、むっとする。
自分がこんな狭量な心の持ち主だったとは……。
でも、気づいてしまったのだ。
もやもやしたこの気持ち……。
嫉妬《しっと》、だ。
うわ、みっともねえ……。
そんなおれの気持ちに気づくわけもなく、勇太は楽しそうに笑っている。

「じゃあ、おふたりさん、また学校で」

そう言い残して、勇太は去っていった。

＊＊＊

とりあえず、森さんには家に入ってもらった。

おれはパジャマ姿だし、さっきまで寝ていたから、椅子とかに座る気がしなくて、自分の部屋のベッドに戻る。

森さんも、おれの部屋に来たときの定位置となっているところに座った。

「ったく、勇太のやつ。余計なことを……」

思わず、そんな言葉を漏らす。

すると、森さんが眉《まゆ》をひそめた。

「そんなふうに言うのはよくないよ。笹川くんは善意でやってくれたわけなんだから」

むっ。なんで、そこで勇太の肩を持つわけ？

「そりゃ、よかれと思ってやったんだろうけど、正直、ありがた迷惑っていうか」

「やっぱり、迷惑なんじゃない。……帰るね」

冷たい声で言って、森さんは立ちあがろうとしたので、おれはあわてて止める。

「いやっ、違うって！　森さんのことが迷惑とかじゃなくて！」

森さんが来てくれたこと自体は、嬉《うれ》しい。

ただ、自分がこんなコンディションのときは見られたくなかったというか……。

あと、勇太と一緒に仲良さそうに来たっていうのも、引っかかってるんだよな。

森さんも来ること、おれだけ知らなくて……。

隠し事、というと大げさだけど、のけ者にされたみたいで、いい気分はしない。

自分でも、心が狭いとは思う。狭すぎる。

勇太は親友と言ってもいいし、森さんはもちろん特別な存在で、ふたりともおれにとっては大事だから、仲良くなればいいとすら思っていた。

それが、まさか、こんな気持ちを持ってしまうなんて……。

一度は立ちあがった森さんだが、おれが引き留めると、出て行こうとするのはやめて座り直した。

「なんか、おれが休んでいる間に、勇太と仲良くなったみたいだよな」

できるだけ、やきもちっぽくならないような口調で、おれはさりげなく言う。

それを聞いて、森さんの表情が変化した。

一瞬だけど、その顔に浮かんだ表情。

今まで見せたことのない顔。

おれはそれを見逃さなかった。

やましさ、だ。

おれの直感がそう告げる。

何か後ろめたいことがなければ、あんな顔はしないはずだ。

「べつに……。古賀くんが風邪だって教えてくれたから、一緒にお見舞いに来ただけ。でも、元気そうな姿を見て安心したから、もう帰る」

森さんの声はよそよそしい。

「なんで、そんなにすぐに帰ろうとするわけ？」

「病みあがりなのに長居をしちゃ悪いもの」

言葉の上では心配してくれているみたいだけど、明らかに態度や声がいつもとは違う。

「この間のこと、まだ怒ってる……？」

おれが聞くと、森さんの眉間《みけん》にしわが寄った。

「その話はやめましょう。喧嘩《けんか》の続きをしにきたわけじゃないから」

つっけんどんに言い返されて、頭に血がのぼる。

「なんだよ、それ！　話さないとわかりあえないだろ。言いたいことがあるなら、はっきり……」

「だって、話したところで、たぶん、わかってはもらえないと思うから」

「そんなことない！」

つい、大きな声を出してしまった。

やばい、やばい……。感情的になっている。

タイムアウトしたほうがいい、と思った。

一時停止。中断して、ひとりになって、頭を冷やすべきだ。このまま言い争いをしても、熱くなって、建設的な話はできないだろう。

それよりも、退場したほうがいい。

頭のすみで、どうにか冷静さを保っている自分がそう言う。

でも、できなかった。

離れたくない。

せっかく会えたのに。そばにいるのに。

どこにも行かないでほしい。

距離を置いたほうがいいっていうのはわかっているけど、おれは森さんと離れたくなかった。

とにかく、心を落ち着けよう。深呼吸だ。

深く息を吸って、吐く。

よし、落ち着いた。

「おれ、森さんのこと、何でも知りたいから、そんなふうに言われるとつらい」

努めて、平静に、穏やかな声で言う。

「この間のことだって、おれは彼氏がデート代をおごるのって変なことだとは思わなかったんだ。だから、森さんがあんなに怒ったから、びっくりした。何がそんなに嫌なのか、わからなくて……。思っていること、ちゃんと話してもらいたい。おれの気のせいかもしれないけど、なんか、つきあっているのに、森さん、あんまり心を開いてくれてないような気がするし……」

ゆっくりと話していると、森さんのほうも頑《かたく》なだった態度が少し和らいだ。

「古賀くんは、わたしに言えずにいることってないの？　何でも話している？」

「おれ？　おれは何でも話してるつもりだけど」

森さんに対しては、思っていること何でも正直に話しているし、隠し事なんか……

と思ったのだが、不意に思いついた。

あっ、あった。

森さんに隠していること。

ずっと、言いたいのに、伝えられずにいること。

「いや、違う。あった。おれにもある。森さんに言えないでいること」

「ほんと？　そうなんだ……」

「うん。じゃあさ、こうしよう。森さんが思っていること話してくれたら、おれも秘密にしていることを言う」

森さんは少し悩んだ後、こくりとうなずいた。

「いいよ、わかった」

Scene 22

わたしが胸のうちを明かしたら、古賀くんは自分も「秘密にしていることを話す」と言った。

秘密……。

彼に、そんなものがあるなんて、予想外だった。

いつだって、明朗快活で、正直で、裏表がなく、自分の考えていることをストレートに表現する人だから、隠し事があるとは思いもしなかった。

古賀くんがわたしに言えないでいることって、なんだろう……。

すごく気になる。

他人のことなんて、どうでもいいと思っていた。でも、古賀くんと出会って、わたしは変わった。

彼のことを知りたい……。秘密があるなんて、気になって仕方ない……。

彼のことが好きだから、無関心ではいられない。

そう思って、はたと気づいた。

ああ、彼も同じなんだ。

彼もわたしに対して、こんな気持ちなのだろう。

古賀くんはわたしが「心を開いていないよう」だと言った。そして、そのことが彼を苛立《いらだ》たせていた。

好きだから。

根本的な理由は、そこにある。

わたしのことを特別に気にかけているからこそ、彼はあれほどまでにむきになるのだ。

「わたしは……べつに、秘密とか、そういうわけじゃないのだけれど……」

隠しているつもりはなかった。

以前、古賀くんから告白を受けて、それをＯＫしたときにだって、少しは話をしたのだ。

わたしの両親のこと……。

父親と母親があまりにも愚かで、お互いを罵《のの》しりあってばかりいるから、わたしは愛なんてものを信じられないということ……。

そう、隠すつもりはない。

なのに、どうして、彼に話そうとすると、こんなにも気が重くなってしまうのだろう。

「ただ、言っても、たぶん、古賀くんにはわかってはもらえないだろうなと思ったから……」

古賀くんには言えないことでも、笹川くんには本音を打ち明けることができた。

それは、笹川くんも、同じ痛みを知っていたから。わかってくれる、と思ったから。

でも、古賀くんのような人には、きっと、理解できない……。

「なんで、決めつけるんだよ。話してみないと、わかるかどうかだって、わかんないだろ」

彼は真剣なまなざしで、こちらを見つめている。

綺麗《きれい》な目だなあ……と思った。

まっすぐで、純粋で、ねじくれていない。

わたしは古賀くんのそういうところに、たまらなく惹《ひ》かれる一方で、まぶしくて、目をそらしたくなる。

「そんなことない。わかるよ。だって、古賀くんは恵まれているもの。古賀くんみたいに、幸せなおうちで育った人には、絶対にわからない」

言いながら、胸がちくりと痛んだ。

「幸せって……なんだよ、それ。勇太も前に言ってたけど、うちだって喧嘩《けんか》くらいするし、悩みがないわけじゃないぞ。だいたい、うちの父親、音楽家で、普通とちょっと違うっていうか、変人だから、恥ずかしいし」

「古賀くんのお父さん、かっこいいじゃない！」

「いや、実際、自分の父親だと嫌だって。日本人のくせに、くさいセリフとか言うし。両親が真顔で愛をささやきあってるなんて、ほんと、きついって。年頃の息子が見ているのお構いなしだもんな」

わたしには、むしろ、それは愚痴どころか、幸せ自慢にすら聞こえた。

その程度を不満に思えるというのが、彼の家庭が幸福であるという、何よりの証拠だ。

そもそも、親に対しての不満をこんなに気軽な調子で言える時点で、わだかまりがないということだし……。本当に悩んでいれば、そのことを軽々しく言葉になんかできない。

「そうは言っても、古賀くんはそんなお父さんのことを本当には嫌ってはいないでしょう？」

問いかけてみると、彼はいとも簡単にうなずく。

「うん、まあな。いちおうは、尊敬してるところもあるし」

自分で引き出した言葉ではあったが、それを聞いて、わたしは胸の奥がすうっと冷えこんでいくのを感じた。

ほら、やっぱり……。

こんな人に、わかってもらえるわけがない。

世の中には、まったく尊敬できない親だっている、ということ……。

不倫という裏切りをしておいて、開き直って、怒鳴り散らして、暴力をふるう父親。みじめったらしく相手を責めて、嫌がらせをするだけで、現状を打破しようとはしない母親。

どんな人物であろうとも、親は尊敬しなくちゃいけないの？

わたしには、とてもそうは思えない。

でも、世間には、親を尊敬できないなんておかしい、という考え方があることは知っている。

昔……といっても数年前だが、わたしにも友人と呼べる相手がいた。その女の子に、心情を吐露したことがあった。

両親がもめていて、とてもじゃないけれども尊敬できない、と……。

するとと、彼女はこう言ったのだ。「ご両親のことを悪く言うなんてよくないよ。そんなふうに言うなんて、信じられない。産んでくれたんだから感謝しなくちゃ」まるで、わたしを恩知らずとでもいうような目で見て、彼女は説教をした。

産んでくれたことを感謝するなんて無理だ。べつに、ありがたいとは思えない。子供だからって、無条件で親を尊敬できるわけじゃない。

でも、そんな自分は、人として大切なものが欠けているみたいで……。

わたしは父親の稼いでくる金で、食べ物を与えられているし、学費だって払ってもらっている。幼い頃は母親に世話をしてもらったからこそ、ここまで育つことができた。どれほど屈辱的だろうと、それは事実だ。でも、だからといって、感謝の念なんてちっともわかない……。

わたしの親なんて、まだマシなほうかもしれない。世の中にはもっと最悪な親だっているだろう。

それでも、親を責めずにはいられないこの気持ち……。

知られたくない。

尊敬どころか、本気で親を憎んでいる。

そんな醜い自分の心……。

古賀くんは、どう思うだろうか……。

かつて、友人だと思っていた女の子が見せた拒絶の視線を思い出す。

そんなふうに言うなんて、信じられない……。

あの瞬間、わたしはあきらめたのだ。

他人には、理解できない。

この痛みは、自分ひとりで抱えておくしかない。

「わたしは……」

古賀くんの真摯《しんし》な目に、気後れする。

今のわたしが感じているのは、おそれに似た感情だった。

この気持ちをわかってほしい。でも、決して共感を得ることはないだろう……。

「わたしは、違うの」

声がわずかに震える。

「古賀くんにはわからないと思うけど、わたしは心の底から、両親を憎んでいる。これっぽっちも尊敬なんてできない」

うつむいて、きつく握った自分の手を見つめながら、わたしは言葉をしぼりだす。

「この間……、古賀くんがデートのお金を出すって言ったとき、わたしが過剰に反応したのは、親のことが頭にあったからだと思うの。わたしの父親は、自分はお金を稼いでいるから偉いんだって言って、威張り散らして……。浮気をして、家族を裏切ったくせに……」

一度、話し出すと、止まらなかった。

「母親だって、父親のことを恨んでいて、ぐちぐちと文句ばかり言っているのに、お金のために離婚はしないって……。毎日毎日もめるくらいなら離婚してくれたほうが、よっぽどいいよ。でも、経済的に苦しくなりたくないから、母親は父親が早く死んで保険金がおりないかしらとか言いながら、一緒に暮らしているの。ほんと、最悪」

吐き捨てるようにしか、言えない。

今、わたしはとても嫌な顔をしていると思う。

こんなこと言いたくない。

言わずにすむような家庭に育つことができたら、どんなによかったか……。

「たぶん、わたしは、親が死んでも、一粒の涙もこぼさないと思う……。あんな親のところに生まれたくなんかなかったし、養ってもらっているからといって、感謝する気持ちもおきない。こんなことを言うなんて、最低だと思うでしょう？　でも、それがわたしの偽らざる気持ちなの」

冷血漢。わたしには、あたたかい血が通っていないのかもしれない。

「まっとうに育ってきた人には、こんな気持ちはわからないだろうけれど」

付け加えて、わたしはどうしようもなく、心細くなった。

こんな言葉を聞いて、彼はどう思っただろう。

やはり、打ち明けなかったほうが……。

後悔の念が押し寄せてくる。

わかってもらえるとは、思えない。

自分が両親を悪く言うことで、古賀くんに軽蔑《けいべつ》されてしまう……。

それが、怖かった。

だから、話そうとするたびに、声が出なかった。

自分の心をさらけ出したくなかったのは、そこにあるのが、とても他人に見せられるようなものじゃないからだ。

沈黙が流れた後、古賀くんが口を開いた。

「……ごめん。嫌なこと、無理に話させて」

彼の目に、拒絶や軽蔑のようなものは浮かんでいなかった。

そのことに、とりあえずほっとする。

「確かに、おれは森さんの気持ちを本当には理解できないのかもしれないけど……」

彼は言うべきことを探しあぐねているように、しばらく黙りこんでから、言葉を続けた。

「それでも、想像することはできるし……。もし、おれが森さんみたいな立場だったら、そんなふうに思うのも無理はないかな……って気はする」

そして、少し考えた後、古賀くんは言った。

「でも、おれは森さんの両親に感謝するよ」

え……？

「だって、森さんの両親がいなかったら、おれは森さんと出会えなかったわけだし。話を聞いた限りじゃ、ひどいところのある人たちかもしれないけど、それでも、おれの大好きな森さんをこの世に産み出してくれてありがとう、って思う」

まさか、そんな言葉が返ってくるとは……。

思いがけない反応に、わたしはただただ、目を見張るしかなかった。

Scene 23

「古賀くんって、不思議だよね」

じっとおれを見つめて、森さんはつぶやいた。

「思ってもみなかった言葉をくれる」

その口調は決して責めているような感じではなかったから、いい意味なのだろうとは思うけど……。

「ごめん。なんか、うまく言えなくて」

なぐさめとか励ましとか、気の利いた言葉を口にできればよかったのだが、おれに言えたのは、ただ、両親がどんな人たちであれ、森さんと出会えたから感謝している……なんていう自分の気持ちくらいだった。

森さんの苦しみを、おれはたぶん、本当にはわかってあげることはできない。

なんだかんだ言っても、おれは両親のことを尊敬している。たまにはむかつくこともあるけれど、基本的には感謝の気持ちが強い。自分がここまで育つことができたのは親のおかげだと思うし、話をしていても親のほうが知識や経験が豊富だったりして、まだまだ勝てないなあ……という気分になる。

だから、森さんが本気で親を憎む気持ちというのは、想像してみることはできても、共感することは難しかった。

父親の不倫。よその女との浮気……。ドラマなんかじゃありふれているけど、実際に自分の親がそんな状態だったら、かなりきついだろう。

森さんが最初の頃、恋愛に興味がなかったのも納得ができる。

おごるって言ったときに森さんが怒った理由も、説明してもらって、やっと理解できた。

でも、こんなふうに事情を知って、わかったつもりになっても、もっと深い部分では、おれには森さんの気持ちなんて見えちゃいないのだろう。

森さんは、目の前にいる。

でも、その心にあるものは遠い。

おれには届かない。

誰だって、他人の心を見ることはできない。

当たり前のことなのに、それがつらくてたまらなかった。

そのとき、ふと、おれは勇太のことを考えた。

森さんと同じように、両親のことで問題を抱えていて……。

勇太が遊びに来たときに、ときどき、おれは何となくだが、ああ、家でなんかあったんだろうな……と感じたりする。

でも、見て見ないふり、というと言葉は悪いが、おれは勇太が心の奥に秘めていることを知ろうとはしない。

この間みたいに、目のまわりにあざを作っていたときだって、踏みこもうとはしなかった。

それが礼儀だと思っていた。

友達としての距離感。

もし、深刻な顔をして、おれが問題を追及したら、勇太には避難場所もなくなってしまう。おれと遊んでいるときくらい、勇太は嫌なことを忘れていたいだろうし……。

でも、森さんのことになると、そんなふうにはできなかった。

隠されているような気がして、我慢できなくて、心の中にあることを無理やり言わせてしまった。

これって、おれのわがままなんだよな……。

「おれに、何かできることある?」

せめて、力になりたい。

だが、森さんは少し考えた後、首を横に振った。

「ありがとう。でも、これはわたしの問題で……」

そう言いかけて、森さんは軽く溜息《ためいき》をつく。

「ううん、そうじゃないな。わたしの問題ですらない。両親の問題なんだよね。あの人たちが解決するしかないわけだし」

軽く肩をすくめて、森さんは言った。

「昔は、両親の仲を修復しようとして、気をつかって話題を振ってみたりとか、どうにかとりなそうっていう涙ぐましい努力をしたこともあったんだよ。でも、無駄だった」

森さんの顔に、つらそうな表情が浮かぶ。

「結局、夫婦の問題っていうか、両親の関係に子供が口を出してもどうしようもないんだよね。わたしにできるのは、あの人たちを反面教師にすることぐらい。自分は絶対に、あんなふうにはならない……って」

森さんの声がわずかに震えて、おれは胸が痛くなる。

泣き出しそうな声……。

森さんは「親が死んでも、一粒の涙もこぼさないと思う」なんて言っていたけど、そんなことはないんじゃないだろうか。

そこまで冷たい性格だとは思えない。

むしろ、冷たくないからこそ、両親のことに心を痛めているんだろう。本当に薄情な人間なら、こんなに苦しまなくていいはずだ。

「まあ、親がどうだろうと、あんまり関係なかったりするもんな」

なるべく軽い口調で、おれは言った。

「うちだって、父さんは音楽がないと生きていけないとか言ってるけど、おれは全然そんなことないし」

「そうだよね。親なんか関係ない……って、わたしも思う。でも、たまに、どうしても呪縛みたいなのを感じちゃって、憂鬱《ゆううつ》な気分になる。同じ家に暮らしていると、嫌でも関わらないといけなかったりするし。ああ、家を出たい」

森さんはまた、大きく溜息をついた。

好きな人がつらい気持ちでいるのに、おれには助けてあげることはできない。

どうしたらいいのだろう。

おれにできること……。

我ながら馬鹿馬鹿しい考えだとは思うのだが、おれの頭の中には、森さんと結婚してふたりで暮らす……という光景が浮かんだ。

そりゃ、世の中には高校生で結婚するという人もいなくはないだろうけど、実際問題として、そんなこと、今の自分にできるわけがない。

普通に考えると、高校を卒業して、大学に通って、就職して……って、ほんと、気が遠くなりそうなほど先の話だ。

でも、もし、そのときにも森さんの気持ちが変わっていなかったら……。

「古賀くんは、家を出たいとかって思わない？」

そう聞かれて、はっと現実に戻る。

「うーん、あんまり考えたことなかったな」

まさに今、家を出て森さんと暮らすという夢のような生活を想像していたのだが。

「料理とか、全部、自分でやるのは大変だろうし。あ、でも、もし、地方の大学とか行くことになったら、ひとり暮らしするかも」

「わたしは、あえて実家からは通えないところを狙っているの」

「それって、ひとり暮らしするために？」

「そう。高卒で公務員っていう道も考えたんだけど、やっぱり、大学で勉強したいから」

勉強するために大学に行きたいなんて、森さんはなんてえらいんだ……。

おれなんか、特にやりたいこともないけど、いきなり就職は無理だし、四年くらいは大学で遊びたい……っていう気持ちで進学するつもりでいるんだけど。

ちゃんと考えて生きてないなあという気がして、自分が情けなくなる。

「もしかして、すでに志望大も決めてる？」

「うん、いちおうね、目標としている大学があって……。親が納得するような大学に合格すれば、ひとり暮らしをさせてくれる約束になっているの。だから頑張ろうと思って」

「狙ってる大学って、どこ？」

参考までに聞いてみたところ、返ってきた答えを聞いて、ぴくりと顔が引きつる。

うわあ、一緒の大学に行こうと思ったら、死ぬ気で勉強しないと……。

「両親は虚栄心の強い人たちだから、まわりに自慢できるような大学に行くなら、仕送りもしてくれるっていうわけ。でも、親の気が変わるかもしれないし、自分でも奨学金の制度について調べてみたりもしているの」

きっぱりとした口調で言う森さんの顔からは、さっきまでの暗い表情は消えていた。

「すごいな。おれ、大学のことなんかまだ何にも考えてないのに」

「わたしの場合は、事情が特殊だから」

「おれさ、思ったんだけど、家が大変なほうが子供はしっかりするのかもしれないよな。森さんを見てると、そんな気がする」

「そう？　でも、わたし、全然しっかりなんかしてないよ。打算的なだけ。無謀な家出をして、親を困らせてやろうとか思ったこともあったんだけど、そこまで自暴自棄にはなれないっていうか、親へのあてつけに自分を傷つけるほど、愚かにもなれなくて。だいたい、本心じゃ憎んでいて、絶対に老後の面倒なんてみてやるものかって思っているくせに、親の前ではいい子ぶって、大学の学費も出してもらおうとしているなんて、自分でも性格悪いなあって思うもの」

一気に言った後、森さんは少しうつむく。

「……こんなこと聞いて、嫌にならなかった？」

「嫌だなんて思うわけないって！」

おれはすぐさま、全力で否定した。

「話してもらえてよかった。前より、森さんのことを理解できた気がするし」

「わたしも、古賀くんに話したことで心が軽くなったから、よかった」

そう言うと、森さんは顔をあげて、おれを見た。

「わたしの話は、以上です。さあ、次は古賀くんの番だよ。わたしに隠していること、教えて」

身を乗り出すようにして、森さんは問いかける。

おれが隠していること……。

言いたいけれど、ずっと、言えずにいること。

「いや、そんな大したことじゃないんだけどさ」

言い訳するようにつぶやくが、森さんは真剣な目をして、おれの言葉を待っている。

こんな真面目な話をした後では、言い出しにくいよな……。

でも、約束したんだから、言うしかない。

「隠してたっていうか……、おれが前から言いたかったけど、言えずにいたことっていうのは……」

言いにくいことを口に出すというのは、本当に勇気がいる。

でも、森さんはおれのために本心を打ち明けてくれたんだ。

だから、おれだって……。

短く息を吸った後、覚悟を決めて言う。

「キスしたい、ってこと」

それを聞いて、森さんはきょとんとする。

「え……？」

「いや、ごめん……っていうか、聞き流して！」

恥ずかしすぎて、顔から火をふきそうだ。

「だって、ほら、何も言わずに勝手にするわけにもいかないし、だから、本人に聞いてみたほうがいいかなって思ったんだけど、ああ、おれ、何、言ってるんだろ……」

ベッドの上で頭を抱えたおれを見て、森さんはくすっと笑う。そして、笑顔のまま、言った。

「いいよ」

Scene 24

「え……？　いいよ、って……」

わたしの返事を聞いて、一瞬、古賀くんはぽかんとした顔で、動きを止める。

それから、大げさなほど、驚いた。

「えっ？　ええええっ？　いいよ、って！　いや、そんな、あっさり！　えええええっ？　まじで？」

自分の意志を伝えるべく、こくんとうなずく。

キスしたいと言われて、断る理由なんてないと思った。だから、同意した。

「でもさ、ほんとに？　ほんとにいいわけ？」

古賀くんは信じられないといった様子で、念を押すように何度もたずねてくる。

「だって、わたしも、古賀くんと、キス、してみたいから」

言っているうちに、どんどん恥ずかしくなった。

古賀くんが真っ赤になっているのを見ていると、こちらまで顔が熱くなってしまう。

「うわ、どうしよう……。うれしいけど！　でも、もっと、ロマンっていうか、ムードっていうか、そういうのちゃんと考えてやろうと思ってたのに。だいたい、おれ、風邪だし、パジャマだし！」

古賀くんは混乱しているみたいで、くしゃくしゃと頭をかきむしった後、布団に突っ伏す。

「それなら、また、今度でも……」

言いかけると、古賀くんはがばっと起きあがった。

「いや、する！　今、します！　森さんがいいって言ってくれたんだから、このチャンスを逃したくない！」

ベッドから飛び出るようにして、彼はわたしのところへとやって来た。

緊張した顔つきで、古賀くんはわたしの目の前に正座する。何となく、かしこまって、わたしも姿勢を正した。

古賀くんは何も言わない。

ただ、わたしの両肩に手をかけて、優しく引き寄せた。

自然と、膝立《ひざだ》ちの姿勢になる。

息がかかりそうなほどの距離。

胸がどきどきして、指の先がしびれる。

目を閉じたほうがいいのかな……なんて考えているうちに、古賀くんの顔が、わたしのすぐ前にまで、近づいてきて……。

そのとき。

ガチャ、という音が、玄関のほうから響いた。

それから、聞こえてきた声。

「ただいまー。風邪ひき息子、おとなしく寝ていたでしょうね？」

「土産にプリン買って来てやったぞー」

古賀くんのご両親が帰って来たのだ。

わたしたちは、あわてて顔をそらす。わたしは意味もなく立ちあがり、古賀くんも飛び跳ねるようにしてベッドに戻った。

何という、タイミング！

わたしは片手で胸を押さえて、深呼吸をする。

さっきまでとは違った意味で、どきどきが止まらない……。

「あの、えっと、お邪魔しています」

どうにか気持ちを落ち着けると、わたしはリビングに顔を出して挨拶《あいさつ》をした。

「あら、せつなちゃん、いらっしゃい。お見舞いに来てくれていたのね」

「優しい彼女を持って、龍樹は果報者だな」

「いいえ、こちらこそ、長居をしちゃって……」

古賀くんのご両親は夕飯に誘ってくれたけれど、わたしはお礼だけ言って、早々においとましたのだった。


外に出ると、すでに日は暮れていた。

火照った頬に、夜の冷気が心地良い。

自分の口に指をあてて、軽くさわってみる。

キス、しそこねちゃったな……。

思い出すと、かっと耳が熱くなって、また胸の鼓動が速くなる。

彼の家はもう遠くなったというのに、まだ古賀くんのそばにいるみたいだ。

これから、あの陰鬱《いんうつ》な家に帰らねばならない。

いつもなら、足取りは重くて、わたしは絶望感に打ちひしがれそうになっていただろう。

でも、今日は少し違う。

なぜか、浮き立つような気分が続いていた。

離れていたって、大丈夫。

どんなものも、怖くない。

そんな気持ちが、わたしの胸を満たしている。

なんなのだろう、この無敵感は。

結局、何もしていない。

キスだって、できなかった。

何かが変わったというわけではないのだ。

それなのに、わたしの中に変化があった。

確固たるもの。

これまではなくて、そんなものがこの世に存在しているなんてことすら、知らなかった。

それが、今はある。

夜空を見あげると、小さな星がひとつ、輝いていた。

おそらく、両親が持ち得なかったものを、わたしは見つけたのだ。

これがある限り、わたしは何もおそれない。

＊＊＊

翌日の昼休み、古賀くんが元気な姿で現れたのを見て、わたしはほっとした。

よかった。風邪をこじらせていなくて。

昨日は長々と話してしまったから、そのせいで悪化していたらどうしようと心配していたのだ。

教室に入ってきた古賀くんに気づいて、笹川くんが駆け寄っていく。

「よお、龍樹、すっかり復活したんだな」

「ああ、おかげさまで。見舞いの品が効いたってところかな」

「ふっふっふっ、感謝したまえ」

古賀くんはわたしのところに来ると、ほんの少しだけ、照れくさそうな表情を浮かべた。

「森さん、昨日はありがとう」

「よくなって、よかったね」

「うん。あ、おれ、購買に行かないと。今日、弁当ないんだ。朝起きたら、母さんも父さんも熱を出してて。森さんと勇太は？　おれの風邪、うつしてたらごめん」

「わたしは平気だよ」

「ぼくも今のところは。でも、念のため、購買で野菜ジュース買って、ビタミンとっておこうかな」

「じゃ、わたしも」

「ずっとお粥《かゆ》だったから、カツサンドとか、こってりしたやつ、がっつり食べたい」

「えー、病みあがりなのに？」

「もう完全復活したから、平気だって」

そんな会話をしながら購買部に行って、それからどうせなら、屋上でお昼を食べようということになった。

澄み渡った空の下、三人でたわいもない会話を楽しみながら、お昼ご飯を食べる。

「いい天気だなあ」

カツサンドを食べ終わると、古賀くんは大きくあくびをして、ごろんと横になった。

そして、気持ちよさそうに目を閉じる。

ぽかぽかとあたたかい光が、ふりそそぐ。

「ほんと、絶好の昼寝日和だよな」

まぶしそうに目を細めて、笹川くんも言った。

「授業とか、全部、放り出して、寝てたいよ」

わたしと笹川くんは、まだ昼食が残っているので、古賀くんのように横になるわけにはいかない。まあ、どちらにしろ、わたしにはこんな場所で寝転ぶ気はないが……。

以前のわたしにとって、学校内で唯一、心安らげる場所は保健室だった。保健室のカーテンで囲われたベッドの中でなら、眠ることができた。

他人と同じ空間にいることに息苦しさを感じて、たびたび、保健室へと避難していた。

何も望まなかったあの頃。

他人をすべて拒絶して。

ひとりきりで生きていくつもりだった。

両親と同じ過ちはおかさない、と……。

でも、それは逆の意味で、両親の存在に縛られていたのと同じだったのだろう。

今、わたしは本当に、自由だと感じる。

こんな心境になるなんて、過去の自分に言ったところで、絶対に信じてはもらえないだろうけれど……。

そんなことを考えながら、わたしは目の前にいる笹川くんを見つめる。

「あのね、立ち入ったこと、聞いてもいい？」

「どうぞ、なんなりと」

「笹川くんは……好きな人とか、いないの？」

「げげっ、そんな質問が来るとは予想外」

明らかに困惑した顔で、笹川くんはつぶやく。

「その、笹川くん、わたしたちのことに協力してくれたから、わたしも何か力になれたら……と思って。ごめん、余計なお世話だよね」

「いえいえいえ、そのご厚意は痛み入ります。でも、ぼくはいいんだよ。今のままでも十分、楽しく生きてるから。実際、つきあうとかなったら、三次元は面倒くさいし」

「三次元って？」

「いやいや、そこは軽くスルーして。あ、そうだ、ぼく、明日《あした》から昼は部室で食べるから」

「でも、それは……」

言いかけようとしたわたしに、笹川くんが両手を振ってさえぎる。

「遠慮しているとかじゃなくて、こっちの都合で。先輩がさ、新作アニメの鑑賞会をやるから来いって」

肩をすくめると、笹川くんは立ちあがった。

「そんじゃ、先に教室に戻るよ。次の古典、あたりそうだから予習しておかないとやばい」

そう言い残して、すたすたと歩き出す。

わたしが彼のためにできることはない。

そんなことはわかっていた。

でも、せめて……。

他人の幸せを祈るなんて、傲慢《ごうまん》なことなのかもしれない。

それでも、わたしは去っていく笹川くんの後ろ姿を見ながら、願わずにはいられなかった。

いつか、誰か、素敵な女の子が現れて、彼を幸せにしてくれますように……。

そよ風が、頬をなでる。

わたしは残っていたジュースを飲み干すと、古賀くんのすぐそばへと寄った。

古賀くんは相変わらず目を閉じて、すやすやと寝息を立てている。

無防備で、幸せそうな寝顔。

……可愛い。
男の子に対して「可愛い」なんて形容詞を使うのはどうかと思う。
でも、可愛くて、愛おしくて、たまらない。
古賀くん。わたしの恋人。
その寝顔を見つめているだけで、どこまでも幸せな気持ちになれる。
わたしは髪をかきあげると、彼の寝顔をのぞきこむようにして、顔を近づけた。
……ありがとう、わたしのことを好きになってくれて。
そして、そっと、くちびるを重ねる。
古賀くんの目が、ぱちりと開いた。
「え、今の……」
驚きに目をまるくして、古賀くんはつぶやく。
「授業、始まっちゃうよ」
わたしは立ちあがると、歩き出した。
「でもさ、だって、今……。ちょっと、よく、わかんなかったから！　もう一回！」
あたふたとした声で、古賀くんは追いかけてくる。
どこまでも続く青い空に、昼休みの終わりを告げるチャイムが響いていた。

解説

瀧井朝世

はじめて恋をした時ってどんな気持ちだっただろう。どんなことが嬉《うれ》しくて、どんなことに不安を感じたんだろう。すっかり忘れていたけれど、この物語を読み、ちょっぴり気恥ずかしくて、でもなんだか愛《いと》しくなるあの頃の感情が甦《よみがえ》ってくる。

高校生たちの初々しい恋愛を描いた本書『わたしの恋人』は、二〇一〇年に講談社より単行本が刊行された同名小説の文庫化作品である。いわゆる10代向けのYA（ヤングアダルト）小説に分類できるが、その丁寧な筆致から伝わってくる少年少女の心の揺れは、子供から大人まで、多くの人の共感と愛情を獲得しえるものだ。

主人公は二人。一人目の古賀龍樹は、まだ恋を知らない高校一年生。ピアニストの父親と雑誌編集者の母親は今も恋人同士のように仲がよく、息子の立場からすると、見ていて恥ずかしくなるくらい。でもそんな両親を見て育ったせいか、彼は自分もいつか運命の相手と巡り合えると思っている。

二人目の主人公は、彼の隣のクラスにいる森せつな。両親の仲は完全に冷え切っていて、父親には浮気相手がおり、そのことは母親も知っている。娘のために離婚しない、という彼らは、いつもいがみあってばかり。だからせつなは愛情というものが信じられない。恋愛を拒絶しているだけでなく、学校で友達も作ろうとしない一人ぽっちの女の子だ。そんな彼らが偶然、学校の保健室で出会い、ほどなく龍樹のほうがせつなに恋心を抱き、積極的にアプローチをして友達の関係に漕《こ》ぎつけるのだが……。その不器用な二人がどうなってゆくのかが、それぞれの立場から交互に描かれていく。そのため読者はどちらの気持ちも分かるわけで、お互いの本音が見えずに戸惑う主人公たちを、ハラハラドキドキしながら見守ることになる。彼らが控えめな性格であることもポイントだ。押しつけがましさのない彼らのことを、つい応援したくなってしまうのだから。

少年少女が出会って、惹《ひ》かれあって、恋に落ちていく。ストーリーはシンプルないわゆるボーイ・ミーツ・ガールもの。それでも起伏に富んだ物語として読ませるのは、拙《つたな》い恋のさなかにいる時のかすかな感情を、丁寧に掬《すく》い取り、言葉を重ねて描写しているから。だから読者は引き込まれ、共感し、感情移入する。自分の昔の恋を思い出したり、現在の恋と照らし合わせたり、あるいは新たな恋を追体験している気分になったり。

特徴的なのは二人の対照性だ。楽天家で運命を信じる少年と、心を閉ざし、愛情を信じない少女。まさに正反対なのである。せつながホラー好きという点もユニークだ。好きな小説家を挙げる場面では笑った。スティーヴン・キングやディーン・クーンツはホラー好きでない読者も知っているメジャーな作家なのでまだ分かるが、より残忍な描写の多いジャック・ケッチャム好きな女子高校生というのは、なかなかいないんじゃなかろうか。映画も、古典的作品の『魔人ドラキュラ』や、冷徹な残酷描写が以降のホラー映画に影響を与えたといわれる『悪魔のいけにえ』を好むあたり、高校生にしては〝通〟だと思わせる。一方の龍樹が好む映画というのが、家族みんなで楽しめる『メリー・ポピンズ』と『サウンド・オブ・ミュージック』というミュージカルときた。二人の好みがコメディかと思うくらい極端に分かれていて、なんとも可笑《おか》しい。ただ、もちろん、せつなのホラー好きはコミカルな要素を取り入れるために書かれたわけではない。なぜ彼女がそういう嗜好《しこう》性を持ったのか、理由が明確に語られるあたりは人物造形の丁寧さをうかがわせるし、ここまでの趣味嗜好の違いは、それを乗り越えて恋愛を成立させられるかどうかという、二人の間の壁を象徴しているともいえる。

もうひとつ特徴的なのは、ハッピーエンドの続きがあること。読み手にときめきを楽しませるだけの恋愛小説なら、恋が成就したところで物語を終えてもかまわないだろう。そうではなく、本書ではそこから彼らが関係を育《はぐく》んでいく過程もきちんと描かれている。現実の恋だって、両想いになれば後はずっと幸せというわけではない。その幸せを維持していくことだってなかなか大変なのだ。その部分を丁寧に追っている点も、この物語の大きな魅力だ。

10代の頃、「恋をしなさい」と人に言われたことがある。「恋愛ほど、人間関係を学べる場はないのだから」と。「これほど相手のことを真剣に思い、自分がどう思われているかを真剣に悩み、喜び、傷つくものはない」――確か、そんなことを言われたと思う。もちろん人づきあいを学ぶために恋愛をするのは本末転倒だし、恋多き男あるいは女でも人としてどうかと思われる人格の持ち主は結構いるので、なにがなんでも恋をすればいいというものではない。龍樹やせつなのように誠実な恋をした人だけが得られるものが、この世にはあるのだ。

どうして人は恋をするのか。どうして苦しくて、悲しい思いをするかもしれないのに、誰かを好きになってしまうのか。その答えが、この本のなかには書かれてある。龍樹とせつなが味わう幸福な感情と、そこから彼らが学び成長していく様子のなかに、恋の基本的な醍醐《だいご》味《み》はつまっている。

る。〉〈わたしは自分が好きじゃない。しかも、他人から好かれるための努力も放棄してい

そう思っている、せつなのような子が人から愛されることはなかなか難しい。本当にそんな子だったら、龍樹だって次第に冷めていっただろう。ではどうして、自分のことも他人のことも愛せないと思うせつなが、自己満足でも自己完結でもなく、真に人と心が繋《つな》がる歓《よろこ》びを味わえたのか。それは、彼女が本当に「それでいい」と思っていたわけじゃないからではないか。〈わたしは自分が好きじゃない〉と考えるのは、自分を好きになりたいという気持ちの裏返し。〈他人から好かれるための努力も放棄している〉という心のつぶやきの裏に隠れているのは、他人から好かれたい、という願い。なぜなら、本当に自分が好きじゃなくて、他人からどう思われようとどうでもいいと思っている子は、わざわざそんなことを考えたりしないのだから。そのことに無意識のうちに気づいて素直になる瞬間があったから、せつなは自分の殻を破ることができたのだ。

だからもし読者のなかに、彼女のような思いを抱いている10代の人がいるとしたら、お節介ながら言いたい。誰かを求める気持ち、誰かに求められたいという気持ちには、最終的に素直になったほうがいい、と心に留めておこうよ、と。頑《かたく》なな態度を押し通していたら誰かが自分を助けてくれる、なんてことはまずないと思ったほうがいい。

最終的に自分を救うのは、自分自身に対する素直さなのだと、本書は教えてくれているのだ。

ご存じの方もいるだろうが、この『わたしの恋人』には『ぼくの嘘』という姉妹編がある。一二年に単行本が刊行され、一五年一月に文庫化される予定。こちらは龍樹の親友の地味なメガネ男子の笹川勇太くんと、同級生の女王的存在の結城あおいちゃんの視点から描かれている。笹川くんの意外な本心が明かされ、そんな彼がどうなっていくのかという興味で読ませるが、『わたしの恋人』とはまったく異なる読み心地で驚く。こちらもぜひ。できれば『わたしの恋人』→『ぼくの嘘』の順番に読むことをおすすめする。

最後に著者の藤野恵美さんについて。〇四年に『ねこまた妖怪伝』で第二回ジュニア冒険小説大賞を受賞し小説家デビュー、主に児童向けのエンターテインメント作品で活躍してきた藤野さんだが、昨今は一般向けの小説も執筆して人気を博している。〇七年に単行本が刊行された『ハルさん』は、娘の成長を見守る父親の視点から描いたほのぼのとしたミステリ連作集で、一三年に文庫化され（創元推理文庫）、これがベストセラーとなった。一四年七月時点での最新刊は六月に刊行された『初恋料理教室』（ポプラ社）で、京都の町屋長屋で一人のご婦人が営む男子限定の料理教室が出てくる。それぞれ異なる事情で料理を学ぼうとする男性四人の奮闘を描いた連作集だ。また今までとは違うテイストの、一般向けの小説となっている。きっと著者は、これからも作風の幅を広げていくのだろう。今から要注目である。

本書は二〇一〇年十二月、講談社より単行本として刊行されました。

わたしの恋人《こいびと》

藤野《ふじの》恵美《めぐみ》

平成26年 7月25日　初版発行
平成27年 5月20日　再版発行

発行者●堀内大示

発行所●株式会社KADOKAWA
〒102-8177　東京都千代田区富士見2-13-3
電話 03-3238-8521（営業）
http://www.kadokawa.co.jp/

編集●角川書店
〒102-8078　東京都千代田区富士見1-8-19
電話 03-3238-8555（編集部）

角川文庫 18668

印刷所●株式会社暁印刷　製本所●本間製本株式会社

表紙画●和田三造

◎定価はカバーに明記してあります。
◎落丁・乱丁本は、送料小社負担にて、お取り替えいたします。KADOKAWA読者係までご連絡ください。（古書店で購入したものについては、お取り替えできません）
電話 049-259-1100（9:00～17:00/土日、祝日、年末年始を除く）
〒354-0041　埼玉県入間郡三芳町藤久保550-1

ISBN978-4-04-101588-9　C0193

角川文庫発刊に際して

角川源義

第二次世界大戦の敗北は、軍事力の敗北であった以上に、私たちの若い文化力の敗退であった。私たちの文化が戦争に対して如何に無力であり、単なるあだ花に過ぎなかったかを、私たちは身を以て体験し痛感した。西洋近代文化の摂取にとって、明治以後八十年の歳月は決して短かすぎたとは言えない。にもかかわらず、近代文化の伝統を確立し、自由な批判と柔軟な良識に富む文化層として自らを形成することに私たちは失敗して来た。そしてこれは、各層への文化の普及滲透を任務とする出版人の責任でもあった。

一九四五年以来、私たちは再び振出しに戻り、第一歩から踏み出すことを余儀なくされた。これは大きな不幸ではあるが、反面、これまでの混沌・未熟・歪曲の中にあった我が国の文化に秩序と確たる基礎を齎らすためには絶好の機会でもある。角川書店は、このような祖国の文化的危機にあたり、微力をも顧みず再建の礎石たるべき抱負と決意とをもって出発したが、ここに創立以来の念願を果すべく角川文庫を発刊する。これまで刊行されたあらゆる全集叢書文庫類の長所と短所とを検討し、古今東西の不朽の典籍を、良心的編集のもとに、廉価に、そして書架にふさわしい美本として、多くのひとびとに提供しようとする。しかし私たちは徒らに百科全書的な知識のジレッタントを作ることを目的とせず、あくまで祖国の文化に秩序と再建への道を示し、この文庫を角川書店の栄ある事業として、今後永久に継続発展せしめ、学芸と教養との殿堂として大成せんことを期したい。多くの読書子の愛情ある忠言と支持とによって、この希望と抱負とを完遂せしめられんことを願う。

一九四九年五月三日

角川文庫ベストセラー

赤川次郎ベストセレクション①
セーラー服と機関銃　赤川次郎

父を殺されたばかりの可愛い女子高生星泉は、組員四人のおんぼろやくざ目高組の組長を襲名するはめになった。襲名早々、組の事務所に機関銃が撃ちこまれ、早くも波乱万丈の幕開けが――。

晩夏のプレイボール　あさのあつこ

「野球っておもしろいんだ」――甲子園常連の強豪高校でなくても、自分の夢を友に託すことになっても、女の子であっても、いくつになっても、関係ない……野球を愛する者、それぞれの夏の甲子園を描く短編集。

グラウンドの空　あさのあつこ

甲子園に魅せられ地元の小さな中学校で野球を始めたキャッチャーの瑞希。ある日、ピッチャーとしてずば抜けた才能をもつ透哉が転校してくる。だが彼は心に傷を負っていて――。少年達の鮮烈な青春野球小説！

Ａｎｏｔｈｅｒ（上）（下）　綾辻行人

1998年春、夜見山北中学に転校してきた榊原恒一は、何かに怯えているようなクラスの空気に違和感を覚える。そして起こり始める、恐るべき死の連鎖！名手・綾辻行人の新たな代表作となった本格ホラー。

きみが見つける物語
十代のための新名作　スクール編
編／角川文庫編集部

小説には、毎日を輝かせる鍵がある。読者と選んだ好評アンソロジーシリーズ。スクール編には、あさのあつこ、恩田陸、加納朋子、北村薫、豊島ミホ、はやみねかおる、村上春樹の短編を収録。

角川文庫ベストセラー

きみが見つける物語
十代のための新名作　放課後編
編／角川文庫編集部

学校から一歩足を踏み出せば、そこには日常のささやかな謎や冒険が待ち受けている——。読者と選んだ好評アンソロジーシリーズ。放課後編には、浅田次郎、石田衣良、橋本紡、星新一、宮部みゆきの短編を収録。

5年3組リョウタ組
石田衣良

茶髪にネックレス、涙もろくてまっすぐな、教師生活4年目のリョウタ先生。ちょっと古風な25歳の熱血教師の一年間をみずみずしく描く、新たな青春・教育小説！

アンネ・フランクの記憶
小川洋子

十代のはじめ『アンネの日記』に心ゆさぶられ、作家への道を志した小川洋子が、アンネの心の内側にふれ、極限におかれた人間の葛藤、尊厳、信頼、愛の形を浮き彫りにした感動のノンフィクション。

チョコレートコスモス
恩田陸

無名劇団に現れた一人の少女。天性の勘で役を演じる飛鳥の才能は周囲を圧倒する。いっぽう若き女優響子は、とある舞台への出演を切望していた。開催された奇妙なオーディション、二つの才能がぶつかりあう！

GOTH
夜の章・僕の章
乙一

連続殺人犯の日記帳を拾った森野夜は、未発見の死体を見物に行こうと「僕」を誘う……人間の残酷な面を覗きたがる者〈GOTH〉を描き本格ミステリ大賞に輝いた乙一の出世作。「夜」を巡る短篇3作を収録。

角川文庫ベストセラー